赶 集

老舍 著

泰山出版社·济南·

图书在版编目（CIP）数据

赶集 / 老舍著. -- 济南：泰山出版社，2024.7.
(中国近现代名家短篇小说精选). -- ISBN 978-7-5519-0848-1

Ⅰ．I246.7

中国国家版本馆CIP数据核字第2024N219J2号

GAN JI

赶　集

责任编辑	王艳艳
装帧设计	路渊源

出版发行	泰山出版社
社　　址	济南市泺源大街2号　邮编　250014
电　　话	综 合 部（0531）82023579　82022566
	出版业务部（0531）82025510　82020455
网　　址	www.tscbs.com
电子信箱	tscbs@sohu.com
印　　刷	山东通达印刷有限公司
成品尺寸	140 mm×210 mm　32开
印　　张	6.875
字　　数	150千字
版　　次	2024年7月第1版
印　　次	2024年7月第1次印刷
标准书号	ISBN 978-7-5519-0848-1
定　　价	32.00元

凡 例

一、本书收录了作者的经典短篇小说，主要展现了作者的思想情感、审美取向与价值观念，以及当时的时代风貌等。

二、将作品改为简体横排，以适应当代的阅读习惯。原文存在标点不明、段落不分等不便于阅读之处，编者酌情予以调整。

三、作品尽量依照原作，以保持原作风格及其时代韵味，同时根据需要，对原文进行了适当的删减和订正。

四、对有些当时惯用的文字，如"的""地""得""作""做""哪""那""化钱""记帐"等，仍多遵照旧用。

序

这里的"赶集"不是逢一四七或二五八到集上去卖两只鸡或买二斗米的意思,不是;这是说这本集子里的十几篇东西都是赶出来的。几句话就足以说明这个:我本来不大写短篇小说,因为不会。可是自从沪战后,刊物增多,各处找我写文章;既蒙赏脸,怎好不捧场?同时写几个长篇,自然是作不到的,于是由靠背戏改唱短打。这么一来,快信便接得更多:"既肯写短篇了,还有什么说的?写吧,伙计!三天的工夫还赶不出五千字来?少点也行啊!无论怎着吧,赶一篇,要快!"话说得很"自己",我也就不好意思,于是天昏地暗,胡扯一番;明知写得不成东西,还没法不硬着头皮干。到如今居然凑成这么一小堆堆了!

设若我要是不教书,或者这些篇还不至于这么糟,至少是在文字上。可是我得教书,白天的工夫都花费在学校里，只能在晚间来胡扯；扯到哪儿算哪儿，没办法！

现在要出集了，本当给这堆小鬼一一修饰打扮一番；哼，哪有那个工夫！随它们去吧；它们没出息，日后自会受淘汰；我不拿它们当宝贝儿，也不便把它们都勒死。就是这个主意！

排列的次序是依着写成的先后。设若后边的比前边的好一点，那总算狗急跳墙，居然跳过去了。说真的，这种"歪打正着"的办法，能得一两个虎头虎脑的家伙就得念佛！

蒙载过这些篇的杂志们允许我把它们收入这本里，十分的感激！

老舍　一九三四年，二月一日，济南

目　录

五九　001

热包子　006

爱的小鬼　012

同　盟　021

大悲寺外　036

马裤先生　061

微　神　069

开市大吉　087

歪毛儿　098

柳家大院　114

抱　孙　130

黑白李 *145*

眼　镜 *166*

铁牛和病鸭 *177*

也是三角 *193*

五　九

　　张丙，瘦得像剥了皮的小树，差不多每天晚上来喝茶。他的脸上似乎没有什么东西；只有一对深而很黑的眼睛，显出他并不是因为瘦弱而完全没有精力。当喝下第三碗茶之后，这对黑眼开始发光；嘴唇，像小孩要哭的时候，开始颤动。他要发议论了。

　　他的议论，不是有系统的；他遇到什么事便谈什么，加以批评。但无论谈什么事，他的批评总结束在"中国人是无望的，我刚说的这件事又是个好证据"。说完，他自动的斟上一碗茶，一气喝完；闭上眼，不再说了，显出："不必辩论，中国人是无望的。无论怎说！"

　　这一晚，电灯非常的暗，读书是不可能的。张丙来了，看了看屋里，看了看电灯，点了点头，坐下，似乎是心里说："中国人是无望的，看这个灯；电灯公司……"

第三碗茶喝过，我笑着说："老张，什么新闻？"

出我意料之外，他笑了笑——他向来是不轻易发笑的。

"打架来着。"他说。

"谁？你？"我问。

"我！"他看着茶碗，不再说了。

等了足有五分钟，他自动的开始：

"假如你看见一个壮小伙子，利用他身体气力的优越，打一个七八岁的小孩，你怎办？"

"过去劝解，我看，是第一步。"

"假若你一看见他打那个小孩子，你便想到：设若过去劝，他自然是停止住打，而嘟囔着骂话走开；那小孩子是白挨一顿打！你想，过去劝解是有意义的吗？"他的眼睛发光了，看看我的脸。

"我自然说他一顿，叫他明白他不应当欺侮小孩子，那不体面。"

"是的，不体面；假如他懂得什么体面，他还不那样作呢！而且，这样的东西，你真要过去说他几句，他一定问你：'你管得着吗？你是干什么的，管这个事？'你跟他辩驳，还不如和石头说几句好话呢；石头是不会用言语冲撞你的。假如你和他嚷嚷起来，自然是招来一群人，来看热闹；结果是他走他的，你走你的路；可是他白打了小孩一顿，没受一点惩罚；下回他遇到机会还这样作！白打一个不能抵抗的小孩子，是便宜的事，他一定这么想。"

"那末，你以为应当立刻叫他受惩罚，路见不平……那一套？"我知道他最厌恶武侠小说，而故意斗他。

果然不出我所料，他说：

"别说《七侠五义》！我不要作什么武侠，我只是不能瞪着眼看一个小孩挨打；那叫我的灵魂全发了火！更不能叫打人的占了全胜去！我过去，一声没出，打了他个嘴巴！"

"他呢？"

"他？反正我是计划好了的：假如我不打他，而过去劝，他是得意扬扬而去；打人是件舒服事，从人们的兽性方面看。设若我跟他讲理，结果也还是得打架；不过，我未必打得着他，因为他必先下手，不给我先发制人的机会。"他又笑了，我知道他笑的意思。

"但是，"我问，"你打了他，他一定还手，你岂是他的对手？"我很关心这一点，因为张丙是那样瘦弱的人。

"那自然我也想到了。我打他，他必定打我；我必定失败。可是有一层，这种人，善于利用筋肉欺侮人的，遇到自家皮肉上挨了打，他会登时去用手遮护那里，在那一刻，他只觉得疼，而忘了动作。及至他看明白了你，他还是不敢动手，因为他向来利用筋肉的优越欺人，及至他自己挨了打，他必定想想那个打他的，一定是有些来历；因为他自己打人的时候是看清了有无操必胜之券而后开打的。就是真还了手，把我打伤，我，不全像那小子那样傻，会找巡警去。至少我跟他上警区，耽误他一天的工夫（先不用说他一定受什么别的惩罚），叫他也晓得，打人是至少要上警区的。"

他不言语了，我看得出，他心中正在难受——难受，他打了人家一下，不用提他的理由充足与否。

"他打人，人也打他，对这等人正是妥当的办法；人类是无望的，你常这么说。"我打算招他笑一下。

他没笑，只轻轻摇了摇头，说：

"这是今天早晨的事。下午四五点钟的时候，我又遇见他了。"

"他要动手了？"我问，很不放心的。

五九

"动手打我一顿,倒没有什么!叫我,叫我——我应当怎样说?——伤心的是:今天下午我遇见他的时候,他正拉着两个十来岁的外国小孩儿;他分明是给一家外国人作仆人的。他拉着那两个外国小孩,赶过我来,告诉他们,低声下气的央告他们:踢他!踢他!然后向我说:你!你敢打我?洋人也不打我呀!(请注意,这里他很巧妙的,去了一个'敢'字!)然后又向那两个小孩说:踢!踢他!看他敢惹洋人不敢!"他停顿了一会儿,忽然的问我:"今天是什么日子?"

"五九!"我不知道,为什么我的泪流下来了。

"呕!"张丙立起来说,"怪不得街上那么多的'打倒帝国主义'的标语呢!"

他好像忘了说那句"中国人没希望",也没喝那末一碗茶,便走了。

热包子

爱情自古时候就是好出轨的事。不过，古年间没有报纸和杂志，所以不像现在闹得这么血花。不用往很古远里说，就以我小时候说吧，人们闹恋爱便不轻易弄得满城风雨。我还记得老街坊小邱。那时候的"小"邱自然到现在已是"老"邱了。可是即使现在我再见着他，即使他已是白发老翁，我还得叫他"小"邱。他是不会老的。我们一想起花儿来，似乎便看见些红花绿叶，开得正盛；大概没有一人想花便想到落花如雨，色断香销的。小邱也是花儿似的，在人们脑中他永远是青春，虽然他长得离花还远得很呢。

小邱是从什么地方搬来的，和哪年搬来的，我似乎一点也不记得。我只记得他一搬来的时候就带着个年青的媳妇。他们住我们的外院一间北小屋。从这小夫妇搬来之后，似乎常常听人说：他们俩在夜半里常打架。小夫妇打架也是自古有之，不足为奇；我所希望的是小邱头上破一块，或是小邱嫂手上有些伤痕……我那时候比现在天真的多多了；很欢迎人们打架，并且多少要挂点伤。可是，小邱夫妇永远是——在白天——那么快活和气，身上确是没伤。我说身上，一点不假，连小邱嫂的光脊梁我都看见过。我那时候常这么想：大概他们打架是一人手里拿着一块棉花打的。

小邱嫂的小屋真好。永远那么干净永远那么暖和，永远有种味儿——特别的味儿，没法形容，可是显然的与众不同。小俩口味儿，对，到现在我才想到一个适当的形容字。怪不得那时候街坊们，特别是中年男子，愿意上小邱嫂那里去谈天呢，谈天的时候，他们小夫妇永远是欢天喜地的，老好像是大年初一迎接贺年的客人那么欣喜。可是，客人散了以后，据说，他们就必定打一回架。有人指天起誓说，曾听见他们打得咚咚的响。

小邱，在街坊们眼中，是个毛腾厮火的小伙子。他走路好像永远脚不贴地，而且除了在家中，仿佛没人看见过他站住不动，哪怕是一会儿呢。就是他坐着的时候，他的手脚也没老实着的时候。他的手不是摸着衣缝，便是在凳子沿上打滑溜，要不然便在脸上搓。他的脚永远上下左右找事作，好像一边坐着说话，还一边在走路，想象的走着。街坊们并不因此而小看他，虽然这是他永远成不了"老邱"的主因。在另一方面，大家确是有点对他不敬，因为他的脖子老缩着。不知道怎么一来二去的"王八脖子"成了小邱的另一称呼。自从这个称呼成立以后，听说他们半夜里更打得欢了。可是，在白天他们比以前更显着欢喜和气。

小邱嫂的光脊梁不但是被我看见过，有些中年人也说看见过。古时候的妇女不许露着胸部，而她竟自被人参观了光脊梁，这连我——那时还是个小孩子——都觉着她太洒脱了。这又是我现在才想起的形容字——洒脱。她确是洒脱：自天子以至庶人好像没有和她说不来的。我知道门外卖香油的，卖菜的，永远给她比给旁人多些。她在我的孩子眼中是非常的美。她的牙顶美，到如今我还记得她的笑容，她一笑便会露出世界上最白的一点牙来。只是那么一点，可是这一点白色能在人的脑中延展开无穷的幻想，这些幻想是以她的笑为中心，以她的白牙为颜色。拿着落花生，或铁蚕豆，或大酸枣，在她的小屋里去吃，是我儿时生命里一个最美的事。剥了花生豆往小邱嫂嘴里送，那个报酬是永生的欣悦——

能看看她的牙。把一口袋花生都送给她吃了也甘心，虽然在事实上没这么办过。

小邱嫂没生过小孩。有时候我听见她对小邱半笑半恼的说，凭你个软货也配有小孩？！小邱的脖子便缩得更厉害了，似乎十分伤心的样子；他能半天也不发一语，呆呆的用手擦脸，直等到她说："买洋火！"他才又笑一笑，脚不擦地飞了出去。

记得是一年冬天，我刚下学，在胡同口上遇见小邱。他的气色非常的难看，我以为他是生了病。他的眼睛往远处看，可是手摸着我的绒帽的红绳结子，问："你没看见邱嫂吗？"

"没有哇。"我说。

"你没有？"他问得极难听，就好像为儿子害病而占卦的妇人，又愿意听实话，又不愿意相信实话，要相信又愿反抗。

他只问了这么一句，就向街上跑了去。

那天晚上我又到邱嫂的小屋里去，门，锁着呢。我虽然已经到了上学的年纪，我不能不哭了。每天照例给邱嫂送去的落花生，那天晚上居然连一个也没剥开。

第二天早晨，一清早我便去看邱嫂，还是没有；

小邱一个人在炕沿上坐着呢,手托着脑门。我叫了他两声,他没搭理我。

差不多有半年的工夫,我上学总在街上寻望,希望能遇见邱嫂,可是一回也没遇见。

她的小屋,虽然小邱还是天天晚上回来,我不再去了。还是那么干净,还是那么暖和,只是邱嫂把那点特别的味儿带走了。我常在墙上,空中看见她的白牙,可是只有那么一点白牙,别的已不存在:那点牙也不会轻轻嚼我的花生米。

小邱更毛腾厮火了,可是不大爱说话。有时候他回来的很早,不作饭,只呆呆的愣着。每遇到这种情形,我们总把他让过来,和我们一同吃饭。他和我们吃饭的时候,还是有说有笑,手脚不识闲。可是他的眼时时往门外或窗外瞭那么一下。我们谁也不提邱嫂;有时候我忘了,说了句:"邱嫂上哪儿了呢?"他便立刻搭讪着回到小屋里去,连灯也不点,在炕沿上坐着。有半年多,这么着。

忽然有一天晚上,不是五月节前,便是五月节后,我下学后同着学伴去玩,回来晚了。正走在胡同口,遇见了小邱。他手里拿着个碟子。

"干什么去？"我截住了他。

他似乎一时忘了怎样说话了，可是由他的眼神我看得出，他是很喜欢，喜欢得说不出话来。呆了半天，他似乎趴在我的耳边说的：

"邱嫂回来啦，我给她买几个热包子去！"他把个"热"字说得分外的真切。

我飞了家去。果然她回来了。还是那么好看，牙还是那么白，只是瘦了些。

我直到今日，还不知道她上哪儿去了那么半年。我和小邱，在那时候，一样的只盼望她回来，不问别的。到现在想起来，古时候的爱情出轨似乎也是神圣的，因为没有报纸和杂志们把邱嫂的相片登出来，也没使小邱的快乐得而复失。

爱的小鬼

我向来没有见过苓这么喜欢,她的神气几乎使人怀疑了,假如不是使人害怕。她哼唧着有腔无字的歌,随着口腔的方便继续的添凑,好像可以永远唱下去而且永远新颖,扶着椅子的扶手,似乎是要立起来,可是脚尖在地上轻轻的点动,似乎急于为她自造的歌曲敲出节拍,而暂时的忘了立起来。她的眼可是看着天花板,像有朵鲜玫瑰在那儿似的。她的耳似乎听着她自己脸上的红潮进退的微音。她确是快乐得有点忘形。她忽然的跳起来,自己笑着,三步加一跳的在屋中转了几个圈,故意的微喘,嘴更笑得张开些。头发盖住了右眼,用脖子的弹力给抛回头上,然后双手交叉撑住脑勺儿,又看天花板上那朵无形的鲜玫瑰。

"苓!"我叫了她一声。

她的眼光似乎由天上收回到人间来了,刚遇上我的便又微微的挪开一些，放在我的耳唇那一溜儿。

"什么事这么喜欢？"我用逗弄的口气"说"——实在不像是"问"。

"猜吧。"苓永远把两个字，特别是那半个"吧"，说得像音乐作的两颗珠子，一大一小。

"谁猜得着你个小狗肚子里又憋什么坏！"我的笑容把那个"！"减去一切应有的分量。

"你个臭东东！打你去！"苓欢喜的时候，"东西"便是"东东"。

"不用打岔，告诉我！"

"偏不告诉你，偏不，偏不！"她还是笑着，可是笑的声儿，恐怕只有我听得出来，微微有点不自然了。

设若我不再往下问，大概三分钟后她总得给我些眼泪看看。设若一定问，也无须等三分钟眼泪便过度的降生。我还是不敢耽误工夫太大了，一分钟冷静的过去，全世界便变成个冰海。迅速定计，可是，真又不容易。爱的生活里有无数的小毛毛虫，每个小毛毛虫都足以使你哭不得笑不得。一天至少有那么几次。

"好宝贝，告诉我吧！"说得有点欠火力，我知道。

她笑着走向我来，手扶在我的藤椅背沿上。

"告诉你吧？"

"好爱人！"

"我妹妹待一会儿来。"

我的心从云中落在胸里。

"英来也值得这么乐，上星期六她还来过呢。还有别的典故，一定。"爱的笑语里时常有个小鬼，名字叫"疑"。

苓的脸，设若，又红起来，我的罪过便只限于爱闹着玩；她的脸上红色退了，我知道还是要阴天！

"你老不许人交朋友！"头一个闪。

"英还同着个人来？"我的雷也响了。

"不理你，不理你啦！"是的，被我猜对了。

一个旧日的男朋友——看爱的情面，我没敢多往这点上想。但是，就假使是个旧日的——爽快的说出来吧——爱人，又有什么关系？没关系，一点关系没有！可是，她那么快乐？天阴得更沉了。

苓又坐在她的小黑椅子上了。又依着发音机关的方便创造着自然的歌，可是并不带分毫歌意。

她和我全不说话了，都心里制造着黑云；雷闪暂时休息，可是大雨快到了。谁也不肯再先放个休战的口号,两个人的战事,因为关系不大,所以更难调解。家庭里需要个小孩,其次是只小狗或小猫;不然,就是一对天使,老在一块儿,也得设法拌几句嘴,好给爱的音乐一点变化。决定去抱只小猫,我计划着;满可以不再生气了,但是"我"不能先投降;好吧,计划着抱只小猫:要全身雪白,短腿,长身,两个小耳朵就像两个小棉花阄儿。这个小白球一定会减少我们俩的小冲突。一定!可是,焉知不因这小白宝贝又发生新战事呢?离婚似乎比抱小白猫还简当,但这是发疯,就是离婚也不能由我提出!君子吗?君子似乎是没多大价值,看不起自己了,还是不能先向她投降,心中要笑,还是设计抱小猫吧!

英来了,暂时屈尊她作作小白猫吧。无论多么好的小姨子,遇到夫妻的冲突,哪怕小的冲突呢,她总是站在她们那边的。特别是定了婚的小姨,像英,因为正恋着自己的天字第一号的男性,不由的便挑剔出姐丈的毛病,以便给她那个人又增补上一些优点。可是我自有办法,我才不当着她们俩争论是非呢;我把苓交给英,便出去走走;她们背地里怎样谈论我,听不见心不烦,爱说什么说什么。这样,英便是小白猫了。

英刚到屋门,我的帽子已在手中,我不能不庆祝我的手急眼快,就是想作个大魔术家也不是全无希望的。况且,脸上那一堆笑纹,倒好像英是发笑药似的。

"出门吗,共产党?"英对我——从她有了固定的情人以后——是一点不带敬意的。

"看个朋友去,坐着啊,晚上等我一块吃饭啊。"声音随着我的脚一同出了屋门,显着异常的缠绵幽默。

出了街门,我的速度减缩了许多,似乎又想回去了。为什么英独自来,而没同着那个人呢?是不是应当在街门外等等,看个水落石出?未免太小气了?焉知苓不是从门缝中窥看我呢?走吧,别闹笑话!偏偏看见个邮差,他的制服的颜色给我些酸感。

本来是不要去看朋友的,上哪儿去呢?走着瞧吧。街上不少女子,似乎今天街上没有什么男的。而且今天遇见的女子都非常的美艳,虽然没拿她们和苓比较,可是苓似乎在我心中已经没有很分明的一个丽像,像往常那样。由她们的美好便想到,我在她们的眼中到底是怎样的人物呢?由这个设想,心思的路线又折回到苓,她到底是佩服我呢,还是真爱我呢?佩服的爱是牺牲,无头脑的爱是真爱,苓的是哪种?借着百货店的玻璃照了照自己,也还看不出十分不得女子的心的地方。英老管我叫共产党,也许我的胡子茬太重,也许因为我太好辩论?可是苓在结婚以前说过,她"就"是爱听我说话。也许现在她的耳朵与从前不同了?说不定。

该回去了,隔着铺户的窗子看看里面的钟,然后拿出自己的表,这样似乎既占了点便宜,又可以多消磨半分来的时间;不过只走了半点多钟。不好就回家,这么短的时间不像去看朋友;君子人总得把谎话作圆到了。

对面来了个人,好像特别挑选了我来问路;我脸上必定有点特别引人注意的地方,似乎值得自傲。

"到万字巷去是往那么走?"他向前指着。

"一点也不错。"笑着,总得把脸上那点特别引人注意的地方作足。

"凑巧您也许知道万字巷里可有一家姓李的,姊妹俩?"

脸上那点刚作足的特点又打了很大的折扣!"是这小子!"心里说。然后向他:"可就是,我也在那儿住家。姊妹俩,怪好看,摩登,男朋友很多?"

那小子的脸上似乎没了日光。"呕"了几声。我心里比吃酸辣汤还要痛快,手心上居然见了汗。

"您能不能替我给她们捎个信?"

"不费事,正顺手。"

"您大概常和她们见面?"

"岂敢,天天看见她们;好出风头,她们。"笑着我自己的那个"岂敢"。

"原先她们并不住在万字巷,记得我给她们一封信,写的不是万字巷,是什么街?"

"大佛寺街,谁都知道她们的历史,她们搬家都在报纸本地新闻栏里登三号字。"

"呕!"他这个"呕"有点像牛闭住了气。"那么,请您就给捎个口信吧,告诉她们我不再想见她们了——"

"正好!"我心里说。

"我不必告诉您我的姓名,您一提我的样子她们自会明白。谢谢!"

"好说!我一定把信带到!"我伸出手和他握了握。

那小子带着五百多斤的怒气向后转。我往家里走——不是走,是飞。

到了家中。胜利使我把嫉妒从心里铲净,只是快乐,乐得几乎错吻小姨。但是街上那一幕还在心中消化着,暂且闷她们一会儿。

"他怎还不来?"英低声问苓。

我假装没听见。心里说:"他不想再见你们!"

苓在屋中转开了磨,时时用眼偷着撩我一下;我假装写信。

"你告诉他是这里,不是——"苓低声的问。

"是这里,"英似乎也很关切,"我怕他去见伯母,所以写信说咱俩都住在这里。也没告诉他你已结了婚。"

我心中笑得起了泡。

"你始终也没看见他?"

"你知道他最怕妇女,尤其是怕见结过婚的妇女。"我的耳朵似乎要惊。

"他一晃儿走了八年了,一听说他来我直欢喜得像个小鸟。"苓说。

我憋不住了:"谁?"

"我们舅舅家的大哥!由家里逃走八年了!他待一会儿也许就来,他来的时候你可得藏起去,他最不喜欢见亲戚!"

"为什么早不告诉我?"我的声音有点发颤。

"你不是看朋友去了吗?谁知道你这么快就回来。

我要明明白白的告诉你,你光景是不会相信么;臭男人们,脏心眼多着呢!"

她们的表哥始终没来。

同　盟

"男子即使没别的好处，胆量总比女人大一些。"天一对爱人说，因为她把男人看得不值半个小钱。

"哼！"她的鼻子里响了声，天一的话只值得用鼻子回答。

"天一虽然没胆量，可是他的话说得不错；男子，至少是多数的男子，比你们女人胆儿大。天一，你很怕鬼，是不是？我就不管什么鬼不鬼，专好走黑路！"子敬对爱人说，拿天一作了她所看不起的男子的代表。

"哼！"她的鼻子里响了一声，把子敬和天一全看得不值半个小钱。

他们俩都以她为爱人，写信的时候都称她为"我的粉红翅的安琪儿"。可是她——玉春——高兴的时候才给他们一个"哼"。

看见子敬也挨了一哼，天一的心差点乐碎了："我怕鬼；也不是谁，那天电灯忽然灭了，吓得登时钻了被窝？"

"对了，也不是谁，那天看见一个老鼠，嘴唇都吓白了？"子敬也发了问。

"也不是谁，那天床上有个鸡毛，吓得直叫唤？"

"也不是谁，那天——"

玉春没等子敬说出男子胆大的证据，发了命令："都给我出去！"

二位先生立刻觉出服从是必要的，一齐微笑，一齐立起，一齐鞠躬，一齐出去。

出了她的屋门，二位立刻由情敌改为朋友。

"子敬，还得回去，圆上脸面。"天一说，"咱俩一齐上她的屋顶，表示男子登梯爬高也不眼晕？"

"万一要真眼晕，从房上滚下来呢，岂不是当场出丑？"子敬不赞成。

"再说，咱们的新洋服也六十多块一身呢；爬一身土？不！"天一看了看自己的裤缝比子敬的直些，更不愿上房了。"你说怎么办？"

"咱们俩三天不去找她，"子敬建议，"到第三天晚上，你我前后脚到她那里去，假装咱们俩也三天没见面了，咱们一见面，你就问我：子敬，老没见呀，上哪儿啦?我就造一片谣言,说什么表嫂被鬼迷住了,我去给赶鬼。然后我就问你:天一,老没见呀,上哪儿啦?你就造一片谣言,说家里闹狐狸精,盆碗大酒坛子满屋里飞,你回家去捉妖。这个主意怎样?"

"不错,可也不十分高明,"天一取了批评的态度说,"第一,我三天不去,你要是偷偷的去了呢?不公道!"

"一言为定,谁也不准私自去。咱们俩讲究联合起来,公开的,和她求爱;看到底谁能得胜,这才叫难能可贵!谁要是背地里加油,谁就不算人!"子敬带着热情声明。

"好了;第二,咱们造谣,她可得信哪?"天一问。

"这里还有文章,"子敬非常的得意,"我刚才说什么时候去找她?晚上。为什么要在晚上?女人在晚上胆子更小。你我拚命的说鬼,小眼鬼,大眼鬼,牛头鬼,歪脖鬼,越多越好,越厉害越好,你说,她得害怕不?她一害怕,咱俩就告辞,她还不央告咱们多坐一会儿?这,她已经算输了。咱们乐得多坐一会儿,可是不要再提半个鬼字。然后,你或者我,立起来说:唉!忘了,还得出城呢!好在路上只经过五六块坟地,不算什么;有鬼也打它个粉碎!你或是我这么说完就走。然后剩下的那位也立起来，也说些什么到亲戚家去守尸那类的话，也就出来。谁先走谁在巷口上等，咱们好一块儿回来。"

"她相信吗？"

"管她信不信呢，"子敬笑了，"反正半夜里独自走道，女人就来不及。就是她不信咱们去打鬼守尸，她也得佩服咱们敢在半夜里独行。"

"对！现在要说第三，咱们三天不去，岂不是给小李个好机会？你难道不知道她给小李的哼声比给咱们的柔和着一半？"

"这——"子敬确是要思索会儿了；想了半天，有了主意："你要晓得，天一，在爱情的进程里须有柔有刚，忽近忽远；一味的缠磨，有时适足惹起厌恶，因为你老不给她想念你的机会，她自然对你不敬。反之，在相当的时节给她个休息三天，你看吧，她再见你的时候，管保另眼看待，就好像三个星期没看电影以后，连破片子也觉得有趣。咱们三天不去，而小李天天去，正可以减少他的价值，而增高我们的身份。咱们先约好，你给她买水果，我买鲜花；而且要理发刮脸，穿新洋服，这一下子要不把小李打退十里才怪！"

"有理!"天一十分佩服子敬。

"这只是一端,还有花样呢,"子敬似乎说开了头,话是源源而来。"咱们还可以当面和小李挑战,假如他也在那儿的话——我想咱们必定遇上他。咱们就可以老声老气的问他:小李,不跟我到王家坟绕个弯?或是,小李,跟我去守尸吧?他一定说不去;在她面前,咱们又压过他一头。"

天一插嘴:"他要是不输气,真和咱们去,咱们岂不漏了底?"

"没那回事!他干什么没事发疯去半夜绕坟地玩呀,他正乐得我们出去;他好多坐一会儿——可是适足以增加她的厌恶心。他又不认识咱们的亲戚,他去守哪门子尸呀;当然说不去。只要他一说不去,咱们就算战胜,因为女子的心细极了,她总要把爱人们全丝毫不苟的称量过,然后她挑选个最合适的——最合适的,并非最好的,你要晓得。你看,小李的长相,无须说,是比咱俩漂亮些。"

"哼!"天一差点把鼻子弄成三个鼻孔。

"可是,漂亮不是一切。假如个个女子'能'嫁梅博士,不见得个个就'愿'嫁他。小李漂亮及格,而无胆量,便不是最合适的;女子不喜欢女性的男人;除非是林黛玉那样的痨病鬼,才会爱那个傻公子宝玉,可是就连宝玉也到底比黛玉强健些,是不是?看吧,我的计划决弄不出错儿来!等把小李打倒,那便要看你我见个高低了。"子敬笑了。

天一看了看自己的拳头,并不比子敬的大,微觉失意。

小李果然是在她那里呢。

子敬先到,献上一束带露水的紫玫瑰。

她给他一个小指叫他挨了一挨,可是没哼。他的脸比小李的多着二两雪花膏。

天一次到,献上一筐包纸印洋字的英国罐形梨。

她给他一个小指叫他挨了一挨,可是没哼。他的头发比小李的亮得多着二十烛光。

"喝,小李,"二人一齐唱,"领带该换了!"

她的眼光在小李的项下一扫。二人心中痒了一下。

"天一,老没见哪?别太用功了;得个学士就够了,何必非考留洋不可呢?"子敬独唱。

"不是,不用提了!"天一叹了口气,"家里闹狐狸。"

"哟!"子敬的脸落下一寸。

"家里闹狐狸还往这儿跑干吗?"玉春说,"别往下说，不爱听！"

天一的头一炮没响，心中乱了营。

"大概是闹完了？"子敬给他个台阶，"别说了，怪叫人害怕！我倒不怕；小李你呢？"

"晚上不大爱听可怕的事。"小李回答。

子敬看了天一一眼。

"子敬，老没见哪？"天一背书似的问，"上哪儿去？"

"也是可怕的事，所以不便说，怕小李害怕；表哥家里闹大头鬼，我——"

玉春把耳朵用手指堵上。

"呕，对不起！不说就是了。"子敬很快活的道歉。

小李站起来要走。

"咱们也走吧？"天一探探子敬的口气。

"你上哪儿？"子敬问。

"二舅过去了，得去守尸，家里还就是我有点胆子。你呢？"

"我还得出城呢，好在只过五六块坟地，遇上一个半个吊死鬼也还没什么。"子敬转问小李，"不出城和我绕个弯去？坟地上冒绿火，很有个意思。"

小李摇了摇头。

天一和小李先走了,临走的时候天一问小李愿意陪他守尸去不?小李又摇了摇头。

剩下子敬和玉春。

"小李都好,"他笑着说,"就是胆量太小,没有男子气。请原谅我,按说不应当背后讲究人,都是好朋友。"

"他的胆子不大。"她承认了。

"一个男人没有胆气可不大好办。"子敬叹惜着。

"一个男人要是不诚实,假充胆大,就更不好办。"她看着天花板说。

子敬胸中一恶心。

"请你告诉天一以后少来,我不愿意吃他的果子,更不愿意听闹狐狸!"

"一定告诉他:以后再来,我不约着他就是了。"

"你也少来,不愿意什么大头鬼小头鬼的吓着我的小李。小李的领带也用不着你提醒他换,我是干什么的?再说,长得俊也不在乎修饰;我就不爱看男人的头发亮得像电灯泡。"

天一一清早就去找子敬,心中觉得昨晚的经过确是战胜了小李——当着她承认了胆小。

子敬没在宿舍,因为入了医院。

子敬在医院里比不在医院里的人还健美,脸上红扑扑的好像老是刚吃过一杯白兰地。可是他要住医院——希望玉春来看他。假如她拿着一束鲜花来看他,那便足以说明她还是有意,而他还大有希望。

她压根儿没来!

于是他就很喜欢:她不来,正好。因为他的心已经寄放在另一地方。

天一来看他,带来一束鲜花,一筐水果,一套武侠爱情小说。到底是好朋友,子敬非常感谢天一;可是不愿意天一常来,因天一头一次来看朋友,眼睛就专看那个小看护妇,似乎不大觉得子敬是他所要的人。而子敬的心现在正是寄放在小看护妇的身上,所以既不以玉春无情为可恼,反觉得天一的探病为多事。不过,看在鲜花水果的面上,还不好意思不和天一瞎扯一番。

"不用叫玉春臭抖,我才有工夫给她再送鲜花呢!"子敬决定把玉春打入冷宫。

"她的鼻子也不美!"天一也觉出她的缺点。

"就会哼人,好像长鼻子不为吸气,只为哼气的!"

"那还不提,鼻子上还有一排黑雀斑呢!就仗着粉厚,不然的话,那只鼻子还不像个斑竹短烟嘴?"

"扇风耳朵!"

"故意的用头发盖住,假装不扇风!"

"上嘴唇多么厚!"

"下嘴唇也不薄,两片夹馅的鸡蛋糕,白叫我吻也不干!"

"高领子专为掩盖着一脖子泥!"

"小短手就会接人家的礼物!"

粉红翅的安琪儿变成一个小钱不值。

天一舍不得走;子敬假装要吃药,为是把天一支出去。二人心中的安琪儿现在不是粉红翅的了,而是像个玉蝴蝶:白帽,白衣,白小鞋,耳朵不扇风,鼻子不像斑竹烟嘴,嘴唇不像两片鸡蛋糕,脖子上没泥,而且胳臂在外面露着,像一对温泉出的藕棒,又鲜又白又香甜。这还不过是消极的比证,积极的美点正是非常的多:全身没有一处不活泼,不漂亮,不温柔,不洁净。先笑后说话,一嘴的长形小珍珠。按着你的头闭上了眼,任你参观,她是只顾测你的温度。然后,小白手指轻动,像蟋蟀的须儿似的,在小白本上写几个字。你碰她的鲜藕棒一下，不但不恼，反倒一笑。捧着药碗送到你的唇边。对着你的脸问你还要什么。子敬不想再出院，天一打算也赶紧搬进来，预防长盲肠炎。好在没病住院，自要纳费，谁也不把你撵出去。

子敬的鲜花与水果已经没地方放。因为天一有时候一天来三次；拿子敬当幌子，专为看她。子敬在院内把看护所应作的和帮助作的都尝试过，打清血针，照爱克司光，洗肠子；越觉得她可爱；老是那么温和，干净，快活。天一在院外把看护的历史族系住址籍贯全打听明白，越觉得她可爱：虽够不上大家闺秀，可也不失之为良家碧玉。子敬打算约她去看电影，苦于无法出口——病人出去看电影似乎不成一句话。天一打算请她吃饭，在医院外边每每等候半点多钟，一回没有碰到她。

"天一，"子敬最后发了言，"世界上最难堪的是什么？"

"据我看是没病住医院。"天一也来得厉害。

"不对。是一个人发现了爱的花，而别人老在里面捣乱！"

"你是不喜欢我来？"

"一点不错；我的水果已够开个小铺子的了，你也该休息几天吧。"

"好啦，明天不再买果子就是，来还是要来的。假如你不愿意见我的话，我可以专来找她；也许约她出去走一走，没准！"

天一把子敬拿下马来了。子敬假笑着说：

"来就是了，何必多心呢！也许咱们是生就了的一对朋友兼情敌。"

"这么说，你是看上了小秀珍？"天一诈子敬一下。

"要不然怎会把她的名字都打听出来！"子敬也不示弱。

"那也是个本事！"天一决定一句不让。

"到底不如叫她握着胳臂给打清血针。你看，天一，这只小手按着这儿，那只小手嗞——打得浑身发麻！"

天一馋得直咽唾沫，非常的恨恶子敬；要不是看他是病人，非打他一顿不可，把清血药汁全打出来！

天一的脸气得像大肚坛子似的走了，决定明天再来。

天一又来了。子敬热烈的欢迎他。

"天一，昨天我不是说咱俩天生是好朋友一对？真的！咱们还得合作。"

"又出了事故？"天一惊喜各半的问。

"你过来，"子敬把声音低降得无可再低，"昨天晚上我看见给我治病的那个小医生吻她来着！"

"喝！"天一的脸登时红起来。"那怎么办呢？"

"还是得联合战线，先战败小医生再讲。"

"又得设计？老实不客气的说，对于设计我有点寒心，上次——"

"不用提上次，那是个教训，有上次的经验，这回咱们确有把握。上次咱们的失败在哪儿？"

"不诚实，假充大胆。"

"是呀。来，递给我耳朵。"以下全是嘀咕嘀咕。

秀珍七点半来送药——一杯开水，半片阿司匹灵。天一七点二十五分来到。

秀珍笑着和天一握手，又热又有力气。子敬看着眼馋，也和她握手，她还是笑着。

"天一，你的气色可不好，怎么啦？"子敬很关心的问。

"子敬，你的胆量怎样？假如胆小的话，我就不便说了。"

"我？为人总得诚实，我的胆子不大。可是，咱们都在这儿，还怕什么？说吧！"

"你知道，我也是胆小——总得说实话。你记得我的表哥？西医，很漂亮——"

"我记得他，大眼睛，可不是，当西医；他怎么啦？"

"不用提啦！"天一叹了一口气，"把我表嫂给杀了！"

"哟！"子敬向秀珍张着嘴。

"他不是西医吗，好，半夜三更撒吆症，用小刀把表嫂给解剖了！"天一的嘴唇都白了。

"要不怎么说，姑娘千万别嫁给医生呢！"子敬对秀珍说，"解剖有瘾，不定哪时一高兴便把太太作了试验，不是玩的！"

"我可怕死了！"天一直哆嗦，"大解八块，喝，我的天爷！秀珍女士，原谅我，大晚上的说这么可怕的事！"

"我才不怕呢，"秀珍轻慢的笑着，"常看死人。我们当看护的没有别的好处，就是在死人前面觉到了比常人有胆量，尸不怕，血不怕；除了医生就得属我们了。因此，我们就是看得起医生！"

"可是，医生作梦把太太解剖了呢？"天一问。

"那只是因为太太不是看护。假如我是医生的太太，天天晚上给他点小药吃，消食化水，不会作恶梦。"

"秀珍！"小医生在门外叫，"什么时候下班哪？我楼下等你。"

"这就完事；你进来，听听这件奇事。"秀珍把医生叫了进来，"一位大夫在梦中把太太解剖了。"

"那不足为奇！看护妇作梦把丈夫毒死当死尸看着，常有的事。胆小的人就是别娶看护妇，她一看不起他，不定几时就把他毒死，为是练习看守死尸。就是不毒死他，也得天天打他一顿。胆小的男人，胆大的女人，弄不到一块！走啊，秀珍，看电影去！"

"再见——"秀珍拉着长声，手拉手和小医生走出去。

子敬出了院。

天一来看他。"干什么玩呢，子敬？"

"读点妇女心理，有趣味的小书！"子敬依然乐观。

"子敬，你不是好朋友，独自念妇女心理！"

"没的事！来，咱们一块儿念。念完这本小书，你看吧，一来一个准！就怕一样——四角恋爱。咱们就怕四角恋爱。上两回咱们都输了。"

"顶好由第三章，'三角恋爱'念起。"

"好吧。大概几时咱俩由同盟改为敌手，几时才真有点希望，是不是？"

"也许。"

大悲寺外

黄先生已死去二十多年了。这些年中，只要我在北平，我总忘不了去祭他的墓。自然我不能永远在北平，别处的秋风使我倍加悲苦；祭黄先生的时节是重阳的前后，他是那时候死的。去祭他是我自己加在身上的责任；他是我最钦佩敬爱的一位老师，虽然他待我未必与待别的同学有什么分别；他爱我们全体的学生。可是，我年年愿看看他的矮墓，在一株红叶的枫树下，离大悲寺不远。

已经三年没去了，生命不由自主的东奔西走，三年中的北平只在我的梦中！

去年，也不记得为了什么事，我跑回去一次，只住了三天。虽然才过了中秋，可是我不能不上西山去；谁知道什么时候才再有机会回去呢。自然上西山是专为看黄先生的墓。为这件事，旁的事都可以搁在一边；说真的，谁在北平三天能不想办一万样事呢。

这种祭墓是极简单的：只是我自己到了那里而已，没有纸钱，也没有香与酒。黄先生不是个迷信的人，我也没见他饮过酒。

从城里到山上的途中，黄先生的一切显现在我的心上。在我有口气的时候，他是永生的。真的；停在我心中，他是在死里活着。每逢遇上个穿灰布大褂，胖胖的人，我总要细细看一眼。是的，胖胖的而穿灰布大衫，因黄先生而成了对我个人的一种什么象征。甚至于有的时候与同学们聚餐，"黄先生呢？"常在我的舌尖上；我总以为他是还活着。还不是这么说，我应当说：我总以为他不会死，不应该死，即使我知道他确是死了。

他为什么作学监呢？胖胖的，老穿着灰布大衫！他作什么不比当学监强呢？可是，他竟自作了我们的学监；似乎是天命，不作学监他怎能在四十多岁便死了呢！

胖胖的，脑后折着三道肉印；我常想，理发师一定要费不少的事，才能把那三道弯上的短发推净。脸像个大肉葫芦，就是我这样敬爱他，也就没法否认他的脸不是招笑的。可是，那双眼！上眼皮受着"胖"的影响，松松的下垂，把原是一对大眼睛变成了俩螳螂卵包似的，留个极小的缝儿射出无限度的黑亮。好像这两道黑光，假如你单单的看着它们，把"胖"的一切注脚全勾销了。那是一个胖人射给一个活动，灵敏，快乐的世界的两道神光。他看着你的时候，这一点点黑珠就像是钉在你的心灵上，而后把你像条上了钩的小白鱼，钓起在他自己发射出的慈祥宽厚光朗的空气中。然后他笑了，极天真的一笑，你落在他的怀中，失去了你自己。那件松松裹着胖黄先生的灰布大衫，在这时节，变成了一件仙衣。在你没看见这双眼之前，假如你看他从远处来了，他不过是团蠕蠕而动的灰色什么东西。

无论是哪个同学想出去玩玩，而造个不十二分有伤于诚实的谎，去到黄先生那里请假，黄先生先那么一笑，不等你说完你的谎——好像唯恐你自己说漏了似的——便极用心的用苏字给填好"准假证"。但是，你必须去请假。私自离校是绝对不行的。凡关乎人情的，以人情的办法办；凡关乎校规的，校规是校规；这个胖胖的学监！

他没有什么学问，虽然他每晚必和学生们一同在自修室读书；他读的都是大本的书，他的笔记本也是庞大的，大概他的胖手指是不肯甘心伤损小巧精致的书页。

他读起书来，无论冬夏，头上永远冒着热汗，他决不是聪明人。有时我偷眼看看他，他的眉，眼，嘴，好像都被书的神秘给迷住；看得出，他的牙是咬得很紧，因为他的腮上与太阳穴全微微的动弹，微微的，可是紧张。忽然，他那么天真的一笑，叹一口气，用块像小床单似的白手绢抹抹头上的汗。

先不用说别的，就是这人情的不苟且与傻用功已足使我敬爱他——多数的同学也因此爱他。稍有些心与脑的人，即使是个十五六岁的学生，像那时候的我与我的学友们，还能看不出：他的温和诚恳是出于天性的纯厚，而同时又能丝毫不苟的负责是足以表示他是温厚，不是懦弱？还觉不出他是"我们"中的一个，不是"先生"们中的一个；因为他那种努力读书，为读书而着急，而出汗，而叹气，还不是正和我们一样？

到了我们有了什么学生们的小困难——在我们看是大而不易解决的——黄先生是第一个来安慰我们，假如他不帮助我们；自然，他能帮忙的地方便在来安慰之前已经自动的作了。二十多年前的中学学监也不过是挣六十块钱，他每月是拿出三分之一来，预备着帮助同学；即使我们都没有经济上的困难，他这三分之一的薪水也不会剩下。假如我们生了病,黄先生不但是殷勤的看顾,而且必拿来些水果,点心,或是小说,几乎是偷偷的放在病学生的床上。

但是,这位困苦中的天使也是平安中的君王——他管束我们。宿舍不清洁,课后不去运动……都要挨他的雷,虽然他的雷是伴着以泪作的雨点。

世界上,不,就说一个学校吧,哪能都是明白人呢。我们的同学里很有些个厌恶黄先生的。这并不因为他的爱心不普遍,也不是被谁看出他是不真诚,而是伟大与藐小的相触,结果总是伟大的失败,好似不如此不足以成其伟大。这些同学们一样的受过他的好处,知道他的伟大,但是他们不能爱他。他们受了他十样的好处后而被他申斥了一阵,黄先生便变成顶可恶的。我一点也没有因此而轻视他们的意思,我不过是说世上确有许多这样的人。他们并不是不晓得好歹,而是他们的爱只限于爱自己;爱自己是溺爱,他们不肯受任何的责备。设若你救了他的命,而同时责劝了他几句,他从此便永远记着你的责备——为是恨你——而忘了救命的恩惠。黄先生的大错处是根本不当来作学监,不负责的学监是有的,可是黄先生与不负责永远不能联结在一处。不论他怎样真诚，怎样厚道，管束。

他初来到学校，差不多没有一个人不喜爱他，因为他与别位先生是那样的不同。别位先生们至多不过是比书本多着张嘴的，我们佩服他们和佩服书籍差不多。即使他们是活泼有趣的，在我们眼中也是另一种世界的活泼有趣，与我们并没有多么大的关系。黄先生是个"人"，他与别位先生几乎完全不相同。他与我们在一处吃，一处睡，一处读书。

半年之后，已经有些同学对他不满意了，其中有的，受了他的规戒，有的是出于立异——人家说好，自己就偏说坏，表示自己有头脑，别人是顺竿儿爬的笨货。

经过一次小风潮，爱他的与厌恶他的已各一半了。风潮的起始，与他完全无关。学生要在上课的时间开会了，他才出来劝止，而落了个无理的干涉。他是个天真的人——自信心居然使他要求投票表决，是否该在上课时间开会！幸而投与他意见相同的票的多着三张！风潮虽然不久便平静无事了，可是他的威信已减了一半。

因此，要顶他的人看出时机已到：再有一次风潮，他管保得滚。谋着以教师兼学监的人至少有三位。其中最活动的是我们的手工教师，一个用嘴与舌活着的人，除了也是胖子，他和黄先生是人中的南北极。在教室上他曾说过，有人给他每月八百圆，就是提夜壶也是美差。有许多学生喜欢他，因为上他的课时就是睡觉也能得八十几分。他要是作学监，大家岂不是入了天国！每天晚上，自从那次小风潮后，他的屋中有小的会议。不久，在这小会议中种的子粒便开了花。校长处有人控告黄先生，黑板上常见"胖牛"，"老山药蛋"……

同时，有的学生也向黄先生报告这些消息。忽然黄先生请了一天的假。可是那天晚上自修的时候，校长来了，对大家训话，说黄先生向他辞职，但是没有准他。末后，校长说："有不喜欢这位好学监的，请退学；大家都不喜欢他呢，我与他一同辞职。"大家谁也没说什么。可是校长前脚出去，后脚一群同学便到手工教员室中去开紧急会议。

第三天上黄先生又照常办事了，脸上可是好像瘦减了一圈。在下午课后他召集全体学生训话，到会的也就是半数。他好像是要说许多许多的话似的，及至到了台上，他第一个微笑就没笑出来，愣了半天，他极低细的说了一句："咱们彼此原谅吧！"没说第二句。

暑假后，废除月考的运动一天扩大一天。在重阳前，炸弹爆发了。英文教员要考，学生们不考；教员下了班，后面追随着极不好听的话。及至事情闹到校长那里去，问题便由罢考改为撤换英文教员，因为校长无论如何也要维持月考的制度。虽然有几位主张连校长一齐推倒的，可是多数人愿意先由撤换教员作起。既不向校长作战，自然罢考须暂放在一边。这个时节，已经有人警告了黄先生："别往自己身上拢！"

可是谁叫黄先生是学监呢？他必得维持学校的秩序。

况且，有人设法使风潮往他身上转来呢。

校长不答应撤换教员。有人传出来，在职教员会议时，黄先生主张严办学生，黄先生劝告教员合作以便抵抗学生，黄学监……

风潮又转了方向，黄学监，已经不是英文教员，是炮火的目标。

黄先生还终日与学生们来往，劝告，解说，笑与泪交替的揭露着天真与诚意。有什么用呢？

学生中不反对月考的不敢发言。依违两可的是与其说和平的话不如说激烈的，以便得同学的欢心与赞扬。这样，就是敬爱黄先生的连暗中警告他也不敢了：风潮像个魔咒捆住了全校。

我在街上遇见了他。

"黄先生,请你小心点。"我说。

"当然的。"他那么一笑。

"你知道风潮已转了方向?"

他点了点头,又那么一笑:"我是学监!"

"今天晚上大概又开全体大会,先生最好不用去。"

"可是,我是学监!"

"他们也许动武呢!"

"打'我'?"他的颜色变了。

我看得出,他没想到学生要打他;他的自信力太大。可是同时他并不是不怕危险。他是个"人",不是铁石作的英雄——因此我爱他。

"为什么呢?"他好似是诘问着他自己的良心呢。

"有人在后面指挥。"

"呕!"可是他并没有明白我的意思,据我看;他紧跟着问:"假如我去劝告他们,也打我?"

我的泪几乎落下来。他问得那么天真,几乎是儿气的;始终以为善意待人是不会错的。他想不到世界上会有手工教员那样的人。

"顶好是不到会场去,无论怎样!"

"可是，我是学监！我去劝告他们就是了；劝告是惹不出事来的。谢谢你！"

我愣在那儿了。眼看着一个人因责任而牺牲，可是一点也没觉到他是去牺牲——一听见"打"字便变了颜色，而仍然不退缩！我看得出，此刻他决不想辞职了，因为他不能在学校正极紊乱时候抽身一走。"我是学监！"我至今忘不了这一句话，和那四个字的声调。

果然晚间开了大会。我与四五个最敬爱黄先生的同学，故意坐在离讲台最近的地方，我们计议好：真要是打起来，我们可以设法保护他。

开会五分钟后，黄先生推门进来了。屋中连个大气也听不见了。主席正在报告由手工教员传来的消息——就是宣布学监的罪案——学监进来了！我知道我的呼吸是停止了一会儿。

黄先生的眼好似被灯光照得一时不能睁开了，他低着头，像盲人似的轻轻关好了门。他的眼睛开了，用那对慈善与宽厚作成的黑眼珠看着大众。他的面色是，也许因为灯光太强，有些灰白。他向讲台那边挪了两步，一脚登着台沿，微笑了一下。

"诸位同学，我是以一个朋友，不是学监的地位，来和大家说几句话!"

"假冒为善!"

"汉奸!"

后边有人喊。

黄先生的头低下去,他万也想不到被人这样骂他。他决不是恨这样骂他的人,而是怀疑了自己,自己到底是不真诚,不然……

这一低头要了他的命。

他一进来的时候,大家居然能那样静寂,我心里说,到底大家还是敬畏他;他没危险了。这一低头,完了,大家以为他是被骂对了,羞愧了。

"打他!"这是一个与手工教员最亲近的学友喊的,我记得。跟着:"打!""打!"后面的全立起来。我们四五个人彼此按了按膝,"不要动"的暗号;我们一动,可就全乱了。我喊了一句。

"出去!"故意的喊得很难听,其实是个善意的暗示。

他要是出去——他离门只有两三步远——管保没有事了,因为我们四五个人至少可以把后面的人堵住一会儿。

可是黄先生没动!好像蓄足了力量,他猛然抬起头来。他的眼神极可怕了。可是不到半分钟,他又低下头去,似乎用极大的忏悔,矫正他的要发脾气。他是个"人",可是要拿人力把自己提到超人的地步。我明白他那心中的变动:冷不防的被人骂了,自己怀疑自己是否正道;他的心告诉他——无愧;在这个时节,后面喊"打!":他怒了;不应发怒,他们是些青年的学生——又低下头去。

随着说第二次低头,"打!"成了一片暴雨。

假如他真怒起来,谁也不敢先下手;可是他又低下头去——就是这么着,也还只听见喊打,而并没有人向前。这倒不是大家不勇敢,实在是因为多数——大多数——人心中有一句:"凭什么打这个老实人呢?"自然,主席的报告是足以使些人相信的,可是究竟大家不能忘了黄先生以前的一切;况且还有些人知道报告是由一派人造出来的。

我又喊了声:"出去!"我知道"滚"是更合适的,在这种场面上,但怎忍得出口呢!

黄先生还是没动。他的头又抬起来:脸上有点笑意,眼中微湿,就像个忠厚的小儿看着一个老虎,又爱又有点怕忧。

忽然由窗外飞进一块砖,带着碎玻璃碴儿,像颗横飞的彗星,打在他的太阳穴上。登时见了血。他一手扶住了讲桌。后面的人全往外跑。我们几个搀住了他。

"不要紧,不要紧。"他还勉强的笑着,血已几乎盖满他的脸。

找校长,不在;找校医,不在;找教务长,不在;我们决定送他到医院去。

"到我屋里去!"他的嘴已经似乎不得力了。

我们都是没经验的,听他说到屋中去,我们就搀扶着他走。到了屋中,他摆了两摆,似乎要到洗脸盆处去,可是一头倒在床上;血还一劲的流。

老校役张福进来看了一眼,跟我们说:"扶起先生来,我接校医去。"

校医来了,给他洗干净,绑好了布,叫他上医院。他喝了口白兰地,心中似乎有了点力量,闭着眼叹了口气。校医说,他如不上医院,便有极大的危险。他笑了。低声的说:

"死,死在这里;我是学监!我怎能走呢——校长们都没在这里!"

老张福自荐伴着"先生"过夜。我们虽然极愿守着他，可是我们知道门外有许多人用轻鄙的眼神看着我们；少年是最怕被人说"苟事"的——同情与见义勇为往往被人解释作"苟事"，或是"狗事"；有许多青年的血是能极热，同时又极冷的。我们只好离开他。连这样，当我们出来的时候还听见了："美呀！黄牛的干儿子！"

第二天早晨，老张福告诉我们，"先生"已经说胡话了。

校长来了，不管黄先生依不依，决定把他送到医院去。

可是这时候，他清醒过来。我们都在门外听着呢。那位手工教员也在那里，看着学监室的白牌子微笑，可是对我们皱着眉，好像他是最关心黄先生的苦痛的。我们听见了黄先生说：

"好吧，上医院；可是，容我见学生一面。"

"在哪儿？"校长问。

"礼堂；只说两句话。不然，我不走！"

钟响了。几乎全体学生都到了。

老张福与校长搀着黄先生。血已透过绷布，像一条毒花蛇在头上盘着。他的脸完全不像他的了。刚一进礼堂门，他便不走了，从绷布下设法睁开他的眼，好像是

寻找自己的儿女,把我们全看到了。他低下头去,似乎已支持不住,就是那么低着头,他低声——可是很清楚的——说:

"无论是谁打我来着,我决不,决不计较!"

他出去了,学生没有一个动弹的。大概有两分钟吧。忽然大家全往外跑,追上他,看他上了车。

过了三天,他死在医院。

谁打死他的呢?

丁庚。

可是在那时节,谁也不知道丁庚扔砖头来着。在平日他是"小姐",没人想到"小姐"敢飞砖头。

那时的丁庚,也不过是十七岁。老穿着小蓝布衫,脸上长着小红疙疸,眼睛永远有点水锈,像敷着些眼药。老实,不好说话,有时候跟他好,有时候又跟你好,有时候自动的收拾宿室,有时候一天不洗脸。所以是小姐——有点忽东忽西的小性。

风潮过去了,手工教员兼任了学监。校长因为黄先生已死,也就没深究谁扔的那块砖。说真的,确是没人知道。

可是，不到半年的工夫，大家猜出谁了——丁庚变成另一个人，完全不是"小姐"了。他也爱说话了，而且永远是不好听的话。他永远与那些不用功的同学在一起了，吸上了香烟——自然也因为学监不干涉——每晚上必出去，有时候嘴里喷着酒味。他还作了学生会的主席。

由"那"一晚上，黄先生死去，丁庚变了样。没人能想到"小姐"会打人。可是现在他已不是"小姐"了，自然大家能想到他是会打人的。变动的快出乎意料，那么，什么事都是可能的了；所以是"他"！

过了半年，他自己承认了——多半是出于自夸，因为他已经变成个"刺儿头"。最怕这位"刺儿头"的是手工兼学监那位先生。学监既变成他的部下，他承认了什么也当然是没危险的。自从黄先生离开了学监室，我们的学校已经不是学校。

为什么扔那块砖？据丁庚自己说，差不多有五六十个理由，他自己也不知道哪一个最好，自然也没人能断定哪个最可靠。

据我看，真正的原因是"小姐"忽然犯了"小姐性"。他最初是在大家开会的时候，连进去也不敢，而在外面看风势。忽然他的那个劲儿来了，也许是黄先生责备过他，也许是他看黄先生的胖脸好玩而试试打得破与否，也许……不论怎么着吧，一个十七岁的孩子，天性本来是变鬼变神的，加以脸上正发红泡儿的那股忽人忽兽的郁闷，他满可以作出些无意作而作了的事。从多方面看，他确是那样的人。在黄先生活着的时候，他便是千变万化的，有时候很喜欢人叫他"黛玉"。黄先生死后，他便不知道他是怎回事了。有时候，他听了几句好话，能老实一天，趴在桌上写小楷，写得非常秀润。第二天，一天不上课！

这种观察还不只限于学生时代，我与他毕业后恰巧在一块作了半年的事，拿这半年中的情形看，他确是我刚说过的那样的人。拿一件事说吧。我与他全作了小学教师，在一个学校里，我教初四。已教过两个月，他忽然想换班，唯一的原因是我比他少着三个学生。可是他和校长并没这样说——为少看三本卷子似乎不大好出口。他说，四年级级任比三年级的地位高，他不甘居人下。这虽然不很像一句话，可究竟是更精神一些的争执。他也告诉校长：他在读书时是作学生会主席的，主席当然是大众的领袖，所以他教书时也得教第一班。

校长与我谈论这件事，我是无可无不可，全凭校长调动。校长反倒以为已经教了快半个学期，不便于变动。这件事便这么过去了。到了快放年假的时候，校长有要事须请两个礼拜的假，他打算求我代理几天。丁庚又答应了。可是这次他直接的向我发作了，因为他亲自请求校长叫他代理是不好意思的。我不记得我的话了，可是大意是我应着去代他向校长说说：我根本不愿意代理。

及至我已经和校长说了，他又不愿意，而且忽然的辞职，连维持到年假都不干。校长还没走，他卷铺盖走了。谁劝也无用，非走不可。

从此我们俩没再会过面。

看见了黄先生的坟，也想起自己在过去二十年中的苦痛。坟头更矮了些，那么些土上还长着点野花，"美"使悲酸的味儿更强烈了些。太阳已斜挂在大悲寺的竹林上，我只想不起动身。深愿黄先生，胖胖的，穿着灰布大衫，来与我谈一谈。

远处来了个人。没戴着帽，头发很长，穿着青短衣，还看不出他的模样来，过路的，我想；也没大注意。可是他没顺着小路走去，而是舍了小道朝我来了。又一个上坟的？

他好像走到坟前才看见我，猛然的站住了。或者从远处是不容易看见我的，我是倚着那株枫树坐着呢。

"你。"他叫着我的名字。

我愣住了，想不起他是谁。

"不记得我了？丁——"

没等他说完我想起来了，丁庚。除了他还保存着点"小姐"气——说不清是在他身上哪处——他绝对不是二十年前的丁庚了。头发很长，而且很乱。脸上乌黑，眼睛上的水锈很厚，眼窝深陷进去，眼珠上许多血丝。牙已半黑，我不由的看了看他的手，左右手的食指与中指全黄了一半。他一边看着我，一边从袋里摸出一盒"大长城"来。

不知道为什么我觉得一阵悲惨。我与他是没有什么感情的，可是幼时的同学……我过去握住他的手；他的手颤得很厉害。我们彼此看了一眼，眼中全湿了；然后不约而同的看着那个矮矮的墓。

"你也来上坟？"这话已到我的唇边，被我压回去了。他点一枝烟，向蓝天吹了一口，看看我，看看坟，笑了。

"我也来看他，可笑，是不是？"他随说随坐在地上。

我不晓得说什么好，只好顺口搭音的笑了声，也坐下了。

他半天没言语，低着头吸他的烟，似乎是思想什么呢。烟已烧去半截，他抬起头来，极有姿式的弹着烟灰。先笑了笑，然后说：

"二十多年了！他还没饶了我呢！"

"谁？"

他用烟卷指了指坟头："他！"

"怎么？"我觉得不大得劲，深怕他是有点疯魔。

"你记得他最后的那句？决——不——计——较，是不是？"

我点点头。

"你也记得咱们在小学教书的时候，我忽然不干了？我找你去叫你不要代理校长？好，记得你说的是什么？"

"我不记得。"

"决不计较！你说的。那回我要和你换班次，你也是给了我这么一句。你或者出于无意，可是对于我，这句话是种报复，惩罚。它的颜色是红的一条布，像条毒蛇；它确是有颜色的。它使我把生命变成一阵颤抖；志愿，事业，全随颤抖化为——秋风中的落叶，像这棵枫树的叶子。你大概也知道,我那次要代理校长的原因?我已运动好久,叫他不能回任。可是你说了那么一句——"

"无心中说的。"我表示歉意。

"我知道。离开小学,我在河务局谋了个差事。很清闲,钱也不少。半年之后,出了个较好的缺。我和一个姓李的争这个地位。我运动,他也运动,力量差不多是相等,所以命令多日没能下来。在这个期间,我们俩有一次在局长家里遇上了,一块打了几圈牌。局长,在打牌的时候,露出点我们俩竞争很使他为难的口话。我没说什么,可是姓李的一边打出一个红中,一边说:'红的!我让了,决不计较!'红的!不计较!黄学监又立在我眼前,头上围着那条用血浸透的红布!我用尽力量打完了那圈牌,我的汗湿透了全身。我不能再见那个姓李的,他是黄学监第二,他用杀人不见血的咒诅在我魂灵上作祟:假如世上真有妖术邪法,这个便是其中的一种。我不干了。不干了!"他的头上出了汗。

"或者是你身体不大好,精神有点过敏。"我的话一半是为安慰他,一半是不信这种见神见鬼的故事。

"我起誓,我一点病没有。黄学监确是跟着我呢。

他是假冒为善的人,所以他会说假冒为善的恶咒。还是用事实说明吧。我从河务局出来不久便成婚……"这一句还没说全,他的眼神变得像失了雏儿的恶鹰似的,瞪着地上一棵半黄的鸡爪草,半天,他好像神不附体了。我轻嗽了声,他一哆嗦,抹了抹头上的汗,说:"很美,她很美。可是——不贞。在第一夜,洞房便变成地狱,可是没有血,你明白我的意思?没有血的洞房是地狱,自然这是老思想,可是我的婚事老式的,当然感情也是老式的。她都说了,只求我,央告我,叫我饶恕她。按说,美是可以博得一切赦免的。可是我那时铁了心;我下了不戴绿帽的决心。她越哭,我越狠,说真的,折磨她给我一些愉快。末后,她的泪已干,她的话已尽,她说出最后的一句,'请用我心中的血代替吧',她打开了胸,'给这儿一刀吧;你有一切的理由,我死,决不计较你'!我完了,黄学监在洞房门口笑我呢。我连动一动也不能了。第二天,我离开了家,变成一个有家室的漂流者,家中放着一个没有血的女人,和一个带着血的鬼!但是我不能自杀,我跟他干到底,他劫去我一切的快乐,不能再叫他夺去这条命!"

"丁:我还以为你是不健康。你看,当年你打死他,实在不是有意的。况且黄先生的死也一半是因为耽误了,假如他登时上医院去,一定不会有性命的危险。"我这样劝解;我准知道,设若我说黄先生是好人,决不能死后作祟,丁庚一定更要发怒的。

"不错。我是出于无心,可是他是故意的对我发出假慈悲的原谅,而其实是种恶毒的诅咒。不然,一个人死在眼前,为什么还到礼堂上去说那个呢?好吧,我还是说事实吧。我既是个没家的人,自然可以随意的去玩了。我大概走了至少也有十二三省。最后,我在广东加入了革命军。打到南京,我已是团长。设若我继续工作,现在来至少也作了军长。可是,在清党的时节,我又不干了。是这么回事,一个好朋友姓王,他是左倾的。他比我职分高。设若我能推倒他,我登时便能取得他的地位。陷害他,是极容易的事,我有许多对他不利的证据,但是我不忍下手。我们俩出死入生的在一处已一年多,一同入医院就有两次。可是我又不能抛弃这个机会,志愿使英雄无论如何也得辣些。我不是个十足的英雄,所以我想个不太激进的办法来。我托了一个人向他去说,他的危险怎样的大,不如及早逃走,把一切事务交给我,我自会代他筹画将来的安全。他不听。我火了。不能不下毒手。我正在想主意,这个不知死的鬼找我来了,没带着一个人。有些人是这样:至死总假装宽厚大方,一点不为自己的命想一想,好像死是最便宜的事,可笑。这个人也是这样,还在和我嘻嘻哈哈。我不等想好主意了,反正他的命是在我手心里,我对他直接的说了——我的手摸着手枪。他,他听完了,向我笑了笑。'要是你愿杀我,'他说,还是笑着,'请,我决不计较。'这能是他说的吗?怎能那么巧呢?我知道,我早就知道了,凡是我要成功的时候,'他'老借着个笑脸来报仇,假冒为善的鬼会拿柔软的方法来毁人。我的手连抬也抬不起来了,不要说还要拿枪打人。姓王的笑着,笑着,走了。他走了,能有我的好处吗?他的地位比我高。拿证据去告发他恐怕已来不及了,他能不马上想对待我的法子吗?结果,我得跑!到现在,我手下的小卒都有作团长的了,我呢?我只是个有妻室而没家,不当和尚而住在庙里的——我也说不清我是什么!"

乘他喘气,我问了一句:"哪个庙事?"

"眼前的大悲寺!为是离着他近。"他指着坟头。

看我没往下问,他自动的说明:

"离他近,我好天天来诅咒他!"

不记得我又和他说了什么，还是什么也没说，无论怎样吧！我是踏着金黄的秋色下了山，斜阳在我的背后。我没敢回头，我怕那株枫树，叶子不是怎么红得似血！

马裤先生

火车在北平东站还没开，同屋那位睡上铺的穿马裤，戴平光的眼镜，青缎子洋服上身，胸袋插着小楷羊毫，足登青绒快靴的先生发了问："你也是从北平上车？"很和气的。

我倒有点迷了头，火车还没动呢，不从北平上车，难道由——由哪儿呢？我只好反攻了："你从哪儿上车？"很和气的。我很希望他说是由汉口或绥远上车，因为果然如此，那么中国火车一定已经是无轨的，可以随便走走；那多么自由！

他没言语。看了看铺位，用尽全身——假如不是全生——的力气喊了声："茶房！"

茶房正忙着给客人搬东西，找铺位。可是听见这么紧急的一声喊，就是有天大的事也得放下，茶房跑来了。

"拿毯子！"马裤先生喊。

"请少待一会儿,先生,"茶房很和气的说,"一开车,马上就给您铺好。"

马裤先生用食指挖了鼻孔一下,别无动作。

茶房刚走开两步。

"茶房!"这次连火车好似都震得直动。

茶房像旋风似的转过身来。

"拿枕头。"马裤先生大概是已经承认毯子可以迟一下,可是枕头总该先拿来。

"先生,请等一等,您等我忙过这会儿去,毯子和枕头就一齐全到。"茶房说的很快,可依然是很和气。

茶房看马裤客人没任何表示,刚转过身去要走,这次火车确是哗啦了半天。"茶房!"

茶房差点吓了个跟头,赶紧转回身来。

"拿茶!"

"先生,请略微等一等,一开车茶水就来。"

马裤先生没任何的表示。茶房故意的笑了笑,表示歉意。然后搭讪着慢慢的转身,以免快转又吓个跟头。转好了身,腿刚预备好快走,背后打了个霹雳。"茶房!"

茶房不是假装没听见,便是耳朵已经震聋,竟自没回头,一直的快步走开。

"茶房！茶房！茶房！"马裤先生连喊，一声比一声高：站台上送客的跑过一群来，以为车上失了火，要不然便是出了人命。茶房始终没回头。马裤先生又挖了鼻孔一下，坐在我的床上。刚坐下："茶房！"茶房还是没来。看着自己的磕膝，脸往下沉，沉到最长的限度，手指一挖鼻孔，脸好似刷的一下又纵回去了。然后："你坐二等？"这是问我呢。我又毛了，我确是买的二等，难道上错了车？

"你呢？"我问。

"二等。这是二等。二等有卧铺。快开车了吧？茶房！"

我拿起报纸来。

他站起来，数他自己的行李，一共八件，全堆在另一卧铺上——两个上铺都被他占了。数了两次，又说了话："你的行李呢？"

我没言语。原来我误会了：他是善意，因为他跟着说："可恶的茶房，怎么不给你搬行李？"

我非说话不可了："我没有行李。"

"呕？！"他确是吓了一跳，好像坐车不带行李是大逆不道似的。"早知道，我那四只皮箱也可以不打行李票了！"

这回该轮着我了。"呕？！"我心里说，"幸而是如此，不然的话，把四只皮箱也搬进来，还有睡觉的地方啊？！"

我对面的铺位也来了客人，他也没有行李，除了手中提着个扁皮夹。

"呕？！"马裤先生又出了声，"早知道你们都没行李，那口棺材也可以不另起票了？"

我决定了。下次旅行一定带行李；真要陪着棺材睡一夜，谁受得了！

茶房从门前走过。

"茶房！拿手巾把！"

"等等。"茶房似乎下了抵抗的决心。

马裤先生把领带解开，摘上领子来，分别挂在铁钩上：所有的钩子都被占了，他的帽子，风衣，已占了两个。

车开了，他登时想起买报："茶房！"

茶房没有来。我把我的报赠给他，我的耳鼓出的主意。

他爬上了上铺，在我的头上脱靴子，并且击打靴底上的土。枕着个手提箱，用我的报纸盖上脸，车还没到永定门,他睡着了。

我心中安坦了许多。

到了丰台,车还没站住,上面出了声:"茶房!"

没等茶房答应,他又睡着了;大概这次是梦话。

过了丰台,茶房拿来两壶热茶。我和对面的客人——一位四十来岁平平无奇的人,脸上的肉还可观——吃茶闲扯。大概还没到廊房,上面又开了雷:"茶房!"

茶房来了,眉毛拧得好像要把谁吃了才痛快。

"干吗?先——生——"

"拿茶!"上面的雷声响亮。

"这不是两壶?"茶房指着小桌说。

"上边另要一壶!"

"好吧!"茶房退出去。

"茶房!"

茶房的眉毛拧得直往下落毛。

"不要茶,要一壶开水!"

"好啦!"

"茶房!"

我直怕茶房的眉毛脱净!

"拿毯子,拿枕头,打手巾把,拿——"似乎没想起拿什么好。

"先生,您等一等。天津还上客人呢;过了天津我们一总收拾,也耽误不了您睡觉!"茶房一气说完,扭头就走,好像永远不再想回来。

待了会儿,开水到了,马裤先生又入了梦乡,呼声只比"茶房"小一点,可是匀调而且是继续的努力,有时呼声稍低一点,用咬牙来补上。

"开水,先生!"

"茶房!"

"就在这哪,开水!"

"拿手纸!"

"厕所里有。"

"茶房!厕所在哪边?"

"哪边都有。"

"茶房!"

"回头见。"

"茶房!茶房!!茶房!!!"

没有应声。

"呼——呼呼——呼"又睡了。

有趣!

到了天津。又上来些旅客。马裤先生醒了，对着壶嘴喝了一气水。又在我头上击打靴底。穿上靴子，出溜下来，食指挖了鼻孔一下，看了看外面。"茶房！"

恰巧茶房在门前经过。

"拿毯子！"

"毯子就来。"

马裤先生走出去，呆呆的立在走廊中间，专为阻碍来往的旅客与脚夫。忽然用力挖了鼻孔一下，走了。下了车，看看梨，没买；看看报，没买；看看脚行的号衣，更没作用。又上来了，向我招呼了声："天津，唉？"我没言语。他向自己说："问问茶房。"紧跟着一个雷："茶房！"我后悔了，赶紧的说："是天津，没错儿。"

"总得问问茶房，茶房！"

我笑了，没法再忍住。

车好容易又从天津开走。

刚一开车，茶房给马裤先生拿来头一份毯子枕头和手巾把。马裤先生用手巾把耳孔鼻孔全钻得到家，这一把手巾擦了至少有一刻钟，最后用手巾擦了擦手提箱上的土。

我给他数着，从老站到总站的十来分钟之间，他又喊了四五十声茶房。茶房只来了一次，他的问题是火车向哪面走呢?茶房的回答是不知道;于是又引起他的建议,车上总该有人知道,茶房应当负责去问。茶房说,连驶车的也不晓得东西南北。于是他几乎变了颜色,万一车走迷了路!?茶房没再回答,可是又掉了几根眉毛。

他又睡了,这次是在头上摔了摔袜子,可是一口痰并没往下唾,而是照顾了车顶。

我睡不着是当然的,我早已看清,除非有一对"避呼耳套"当然不能睡着。可怜的是别屋的人,他们并没预备来熬夜,可是在这种带钩的呼声下,还只好是白瞪眼一夜。

我的目的地是德州,天将亮就到了。谢天谢地!

车在此处停半点钟,我雇好车,进了城,还清清楚楚的听见"茶房!"。

一个多礼拜了,我还惦记着茶房的眉毛呢。

微　神

　　清明已过了，大概是；海棠花不是都快开齐了吗？今年的节气自然是晚了一些，蝴蝶们还很弱；蜂儿可是一出世就那么挺拔，好像世界确是甜蜜可喜的。天上只有三四块不大也不笨重的白云，燕儿们给白云上钉小黑丁字玩呢。没有什么风，可是柳枝似乎故意的转摆，像逗弄着四外的绿意。田中的晴绿轻轻的上了小山，因为娇弱怕累得慌，似乎是，越高绿色越浅了些；山顶上还是些黄多于绿的纹缕呢。山腰中的树，就是不绿的也显出柔嫩来，山后的蓝天也是暖和的，不然，雁们为何唱着向那边排着队去呢？石凹藏着些怪害羞的三月兰，叶儿还赶不上花朵大。

　　小山的香味只能闭着眼吸取，省得劳神去找香气的来源，你看，连去年的落叶都怪好闻的。那边有几只小白山羊，叫的声儿恰巧使欣喜不至过度，因为有些悲意。偶尔走过一只来，没长犄角就留下须的小动物，向一块大石发了会儿愣，又颠颠着俏式的小尾巴跑了。

我在山坡上晒太阳，一点思念也没有，可是自然而然的从心中滴下些诗的珠子，滴在胸中的绿海上，没有声响，只有些波纹是走不到腮上便散了的微笑；可是始终也没成功一整句。一个诗的宇宙里，连我自己好似只是诗的什么地方的一个小符号。

越晒越轻松，我体会出蝶翅是怎样的欢欣。我搂着膝，和柳枝同一律动前后左右的微动，柳枝上每一黄绿的小叶都是听着春声的小耳勺儿。有时看看天空，啊，谢谢那块白云，它的边上还有个小燕呢，小得已经快和蓝天化在一处了，像万顷蓝光中的一粒黑痣，我的心灵像要往哪儿飞似的。

远处山坡的小道，像地图上绿的省分里一条黄线。往下看，一大片麦田，地势越来越低，似乎是由山坡上往那边流动呢，直到一片暗绿的松树把它截住，很希望松林那边是个海湾。及至我立起来，往更高处走了几步，看看，不是；那边是些看不甚清的树，树中有些低矮的村舍；一阵小风吹来极细的一声鸡叫。

春晴的远处鸡声有些悲惨，使我不晓得眼前一切是真还是虚,它是梦与真实中间的一道用声音作的金线;我顿时似乎看见了个血红的鸡冠;在心中,村舍中,或是哪儿,有只——希望是雪白的——公鸡。

我又坐下了;不,随便的躺下了。眼留着个小缝收取天上的蓝光,越看越深,越高;同时也往下落着光暖的蓝点,落在我那离心不远的眼睛上。不大一会儿;我便闭上了眼,看着心内的晴空与笑意。

我没睡去,我知道已离梦境不远,但是还听得清清楚楚小鸟的相唤与轻歌。说也奇怪,每逢到似睡非睡的时候,我才看见那块地方——不晓得一定是哪里,可是在入梦以前它老是那个样儿浮在眼前。就管它叫作梦的前方吧。

这块地方并没有多大,没有山,没有海。像一个花园,可又没有清楚的界限。差不多是个不甚规则的三角,三个尖端浸在流动的黑暗里。一角上——我永远先看见它——是一片金黄与大红的花,密密层层的;没有阳光,一片红黄的后面便全是黑暗,可是黑的背景使红黄更加深厚,就好像大黑瓶上画着红牡丹,深厚得至于使美中有一点点恐怖。黑暗的背景,我明白了,使红黄的一片抱住了自己的彩色,不向四外走射一点;况且没有阳光，彩色不飞入空中，而完全贴染在地上。我老先看见这块，一看见它，其余的便不看也会知道的，正好像一看见香山，准知道碧云寺在哪儿藏着呢。

其余的两角，左边是一个斜长的土坡，满盖着灰紫的野花，在不漂亮中有些深厚的力量，或者月光能使那灰的部分多一些银色而显出点诗的灵空；但是我不记得在哪儿有个小月亮。无论怎样，我也不厌恶它。不，我爱这个似乎被霜弄暗了的紫色，像年轻的母亲穿着暗紫长袍。右边的一角是最漂亮的，一个小草房，门前有一架细蔓的月季，满开着单纯的花，全是浅粉的。

设若我的眼由左向右转，灰紫，红黄，浅粉，像是由秋看到初春，时节倒流；生命不但不是由盛而衰，反倒是以玫瑰作香色双艳的结束。

三角的中间是一片绿草，深绿，软厚，微湿；每一短叶都向上挺着，似乎是听着远处的雨声。没有一点风，没有一个飞动的小虫；一个鬼艳的小世界，活着的只有颜色。

在真实的经验中，我没见过这么个境界。可是它永远存在，在我的梦前。英格兰的深绿，苏格兰的紫草小山，德国黑林的幽晦，或者是它的祖先们，但是谁准知道呢。从赤道附近的浓艳中减去阳光，也有点像它，但是它又没有虹样的蛇与五彩的禽，算了吧，反正我认识它。

我看见它多少多少次了。它和"山高月小，水落石出"，是我心中的一对画屏。可是我没到那个小房里去过。我不是被那些颜色吸引得不动一动，便是由它的草地上恍惚的走入另种色彩的梦境。它是我常遇到的朋友，彼此连姓名都晓得，只是没细细谈过心。我不晓得它的中心是什么颜色的，是含着一点什么神秘的音乐——真希望有点响动！

这次我决定了去探险。

一想到了月季花下，或也因为怕听我自己的足音？月季花对于我是有些端阳前后的暗示，我希望在哪儿贴着张深黄纸，印着个朱红的判官，在两束香艾的中间。没有。只在我心中听见了声"樱桃"的吆喝。这个地方是太静了。

小房子的门闭着。窗上门上都挡着牙白的帘儿，并没有花影，因为阳光不足。里边什么动静也没有，好像它是寂寞的发源地。轻轻的推开门，静寂与整洁双双的欢迎我进去，是，欢迎我；室中的一切是"人"的，假如外面景物是"鬼"的——希望我没用上过于强烈的字。

一大间,用幔帐截成一大一小的两间。幔帐也是牙白的,上面绣着些小蝴蝶。外间只有一条长案,一个小椭圆桌儿,一把椅子,全是暗草色的,没有油饰过。椅上的小垫是浅绿的,桌上有几本书。案上有一盆小松,两方古铜镜,锈色比小松浅些。内间有一个小床,罩着一块快垂到地上的绿毯。床首悬着一个小篮,有些快干的茉莉花。地上铺着一块长方的蒲垫,垫的旁边放着双绣白花的小绿拖鞋。

我的心跳起来了!我决不是入了济慈的复杂而光灿的诗境;平淡朴美是此处的音调,也决不是辜勒律芝的幻境,因为我认识那只绣着白花的小绿拖鞋。

爱情的故事永远是平凡的,正如春雨秋霜那样平凡。可是平凡的人们偏爱在这些平凡的事中找些诗意;那么,想必是世界上多数的事物是更缺乏色彩的;可怜的人们!希望我的故事也有些应有的趣味吧。

没有像那一回那么美的了。我说"那一回",因为在那一天那一会儿的一切都是美的。她家中的那株海棠花正开成一个大粉白的雪球;沿墙的细竹刚拔出新笋;天上一片娇晴;她的父母都没在家;大白猫在花下酣睡。

听见我来了，她像燕儿似的从帘下飞出来；没顾得换鞋，脚下一双小绿拖鞋像两片嫩绿的叶儿。她喜欢得像晨起的阳光，腮上的两片苹果比往常红着许多倍，似乎有两颗香红的心在脸上开了两个小井，溢着红润的胭脂泉。那时她还梳着长黑辫。

她父母在家的时候，她只能隔着窗儿望我一望，或是设法在我走去的时节，和我笑一笑。这一次，她就像一个小猫遇上了个好玩的伴儿；我一向不晓得她"能"这样的活泼。在一同往屋中走的工夫，她的肩挨上了我的。我们都才十七岁。我们都没说什么，可是四只眼彼此告诉我们是欣喜到万分。我最爱看她家壁上那张工笔百鸟朝凤；这次，我的眼匀不出工夫来。我看着那双小绿拖鞋；她往后收了收脚，连耳根儿都有点红了；可是仍然笑着。我想问她的功课，没问；想问新生的小猫有全白的没有，没问；心中的问题多了，只是口被一种什么力量给封起来，我知道她也是如此，因为看见她的白润的脖儿直微微的动，似乎要将些不相干的言语咽下去，而真值得一说的又不好意思说。

她在临窗的一个小红木凳上坐着，海棠花影在她半个脸上微动。有时候她微向窗外看看，大概是怕有人进来。及至看清没人,她脸上的花影都被欢悦给浸渍得红艳了。她的两手交换着轻轻的摸小凳的沿,显着不耐烦,可是欢喜的不耐烦。最后,她深深的看了我一眼,极不愿意而又不得不说的说:"走吧!"我自己已忘了自己,只看见,不是听见,两个什么字由她的口中出来?可是在心的深处猜对那两个字的意思,因为我也有点那样的关切。我的心不愿动,我的脑知道非走不可。我的眼钉住了她的。她要低头,还没低下去,便又勇敢的抬起来,故意的,不怕的,羞而不肯的羞,迎着我的眼。直到不约而同的垂下头去,又不约而同的抬起来,又那么看。心似乎已碰着心。

我走,极慢的,她送我到帘外,眼上蒙了一层露水。我走到二门,回了回头,她已赶到海棠花下。我像一个羽毛似的飘荡出去。

以后,再没有这种机会。

有一次,她家中落了,并不使人十分悲伤的丧事。在灯光下我和她说了两句话。她穿着一身孝衣。手放在胸前,摆弄着孝衣的扣带。站得离我很近,几乎能彼此听得见脸上热力的激射,像雨后的禾谷那样带着声儿生长。可是,只说了两句极没有意思的话——口与舌的一些动作；我们的心并没管它们。

我们都二十二岁了，可是五四运动还没降生呢。男女的交际还不是普通的事。我毕业后便作了小学的校长，平生最大的光荣，因为她给了我一封贺信。信笺的末尾——印着一枝梅花——她注了一行：不要回信。我也就没敢写回信。可是我好像心中燃着一束火把，无所不尽其极的整顿学校。我拿办好了学校作给她的回信；她也在我的梦中给我鼓着得胜的掌——那一对连腕也是玉的手！

提婚是不能想的事。许多许多无意识而有力量的阻碍，像个专以力气自雄的恶虎，站在我们中间。

有一件足以自慰的，我那系着心的耳朵始终没听到她的定婚消息。还有件比这更好的，我兼任了一个平民学校的校长，她担任着一点功课。我只希望能时时见到她，不求别的。她呢，她知道怎么躲避我——已经是个二十岁的大姑娘。她失去了十七八岁时的天真与活泼，可是增加了女子的尊严与神秘。

又过了二年，我上了南洋。到她家辞行的那天，她恰巧没在家。

在外国的几年中，我无从打听她的消息。直接通信是不可能的。间接的探问，又不好意思。只好在梦里相会了。说也奇怪，我在梦中的女性永远是"她"。梦境的不同使我有时悲泣，有时狂喜；恋的幻境里也自有种味道。她，在我的梦中，还是十七岁时的样子：小圆脸，眉眼清秀中带着一点媚意。身量不高！处处都那么柔软，走路非常的轻巧。那一条长黑的发辫，造成最动心的一个背影。我也记得她梳起头来的样儿，但是我总梦见那带辫的背影。

回国后，自然先探听她的一切。一切消息都像谣言她已作了暗娼！

就是这种刺心的消息，也没减少我的情热；不，我反倒更想见她，更想帮助她。我到她家去。已不在那里住，我只由墙外看见那株海棠树的一部分。房子早已卖掉了。

到底我找到她了。她已剪了发，向后梳拢着，在项部有个大绿梳子。穿着一件粉红长袍，袖子仅到肘部，那双臂，已不是那么活软的了。脸上的粉很厚，脑门和眼角都有些褶子。可是她还笑得很好看，虽然一点活泼的气象也没有了。设若把粉和油都去掉，她大概最好也只像个产后的病妇。她始终没正眼看我一次，虽然脸上并没有羞愧的样子，她也说也笑，只是心没在话与笑中，好像完全应酬我。我试着探问她些问题与经济状况，她不大愿意回答。她点着一枝香烟，烟很灵通的从鼻孔出来，她把左膝放在右膝上，仰着头看烟的升降变化，极无聊而又显着刚强，我的眼湿了，她不会看不见我的泪，可是她没有任何表示。她不住的看自己的手指甲，又轻轻的向后按头发，似乎她只是为她们活着呢。提到家中的人，她什么没告诉我。我只好走吧。临出来的时候，我把住址告诉给她——深愿她求我，或是命令我，作点事。她似乎根本没往心里听，一笑，眼看看别处，没有往外送我的意思。她以为我是出去了，其实我是立在门口没动，这么着，她一回头，我们对了眼光。只是那么一擦似的她转过头去。

初恋是青春的第一朵花，不能随便掷弃。我托人给她送了点钱去，留下了，并没有回话。

朋友们看出我的悲苦来，眉头是最会卖人的。她们善意的给我介绍女友，惨笑的摇首是我的回答。我得等着她。初恋像幼年的宝贝永远是最甜蜜的，不管那个宝贝是一个小布人，还是几块小石子。慢慢的，我开始和几个最知己的朋友谈论她，他们看在我的面上没说她什么，可是假装闹着玩似的暗刺我，他们看我太愚，也就是说她不配一恋。他们越这样，我越坚固。是她打开了我的爱的园门，我得和她走到山穷水尽。怜比爱少着些味道，可是更多着些人情。不久，我托友人向她说明，我愿意娶她。我自己没胆量去。友人回来，带回来她的几声狂笑。她没说别的，只狂笑了一阵。她是笑谁？笑我的愚，很好，多情的人不是每每有些傻气吗？这足以使人得意。笑她自己，那只是因为不好意思哭，过度的悲郁使人狂笑。

愚痴给我些力量，我决定自己去见她。要说的话都详细的编制好，演习了许多次，我告诉自己——只许胜，不许败。她没在家。又去了两次，都没见着。第四次去，屋门里停着小小的一口薄棺材，装着她。她是因打胎而死。

一篮最鲜的玫瑰，瓣上带着我心上的泪，放在她的灵前，结束了我的初恋，打开终生的虚空。为什么她落到这般光景？我不愿再打听。反正她在我心中永远不死。

我正呆看着那双小绿拖鞋，我觉得背后的幔帐动了一动。一回头，帐子上绣的小蝴蝶在她的头上飞动呢。

她还是十七八时的模样,还是那么轻巧,像仙女飞降下来还没十分立稳那样立着。我往后退了一步,似乎是怕一往前凑就能把她吓跑。这一退的功夫,她变了,变成二十多岁的样子。她也往后退了,随退随着脸上加着皱纹。她狂笑起来。我坐在那个小床上。刚坐下,我又起来了,扑过她去,极快;她在这极短的时间内,又变回十七岁时的样子。在一秒钟里我看见她半生的变化,她像是不受时间的拘束。我坐在椅子上,她坐在我的怀中。我自己也恢复了十五六年前脸血的红色,我觉得出。我们就这样坐着,听着彼此心血的潮荡。不知有多么久。最后,我找到音声,唇贴着她的耳边,问:

"你独自住在这里?"

"我不住在这里,我住在这儿。"她指着我的心说。

"始终你没忘了我,那么?"我握紧了她的手。

"被别人吻的时候,我心中看着你!"

"可是你许别人吻你?"我并没有一点妒意。

"爱在心里,唇不会闲着;谁教你不来吻我呢?"

"我不是怕得罪你的父母吗?不是我上了南洋吗?"

她点了点头,可是"怕你失去一切,隔离使爱的心慌了"。

她告诉了我,她死前的光景。在我出国的那一年,她的母亲死去。她比较得自由了一些。出墙的花枝自会招来蜂蝶,有人便追求她,她还想念着我,可是肉体往往比爱少些忍耐力,爱的花不都是梅花。她接受了一个青年的爱,因为他长得像我。他非常的爱她,可是她还忘不了我,肉体的获得不就是爱的满足,相似的音貌不能代替爱的真形。他疑心了,她承认了她的心是在南洋。他们俩断绝了关系。这时候,她父亲的财产全丢了。她非嫁人不可。她把自己卖给一个阔家公子,为是供给她的父亲。

"你不会去教学挣钱?"我问。

"我只能教小学,那点薪水还不够父亲买烟吃的!"

我们俩都愣起来。我是想:假使我那时候回来,以我的经济能力说,能供给得起她的父亲吗?我还不是大睁白眼的看着她卖身?

"我把爱藏在心中,"她说,"拿肉体挣来的茶饭营养着它。我深恐肉体死了,爱便不存在,其实我是错了;先不用说这个吧。他非常的妒忌,永远跟着我,无论我是干什么,上哪儿去,他老随着我。他找不出我的破绽来,可是觉得出我是不爱他。慢慢的,他由讨厌变为公开的辱骂我,甚至于打我,他逼得我没法不承认我的心是另有所寄。忍无可忍也就顾不及饭碗问题了。他把我赶出来,连一件长衫也没给我留。我呢,父亲照样和我要钱,我自己得吃得穿,而且我一向是吃好的穿好的惯了。为满足肉体,还得利用肉体,身体是现成的本钱。凡给我钱的便买去我点筋肉的笑。我很会笑,我照着镜子练习那迷人的笑。环境的不同使人作退一步想,这样零卖,倒是比终日叫那一个阔公子管着强一些。在街上,有多少人指着我的后影叹气,可是我到底是自由的,甚至是自傲的,有时候我与些打扮得不漂亮的女子遇上,我也有些得意。我一共打过四次胎,但是创痛过去便又笑了。

"最初。我颇有一些名气,因为我既是作过富宅的玩物,又能识几个字,新派旧派的人都愿来照顾我,我没工夫去思想。甚至于不想积蓄一点钱,我完全为我的服装香粉活着。今天的漂亮是今天的生活。明天自有明天管照着自己,身体的疲倦,只管眼前的刺激,不顾将来,不久,这种生活也不能维持了。父亲的烟是无底的深坑。打胎需要许多花费。以前不想剩钱,钱自然不会自己剩下。我连一点无聊的傲气也不敢存了。我得极下贱的去找钱了,有时候是明抢。有人指着我的后影叹气,我也回头向他笑一笑了。打一次胎增加两三岁。镜子是不欺人的,我已老丑了。疯狂足以补足衰老。我尽着肉体的所能伺候人们,不然,我没有生意。我敞着门睡着,我是大众的,不是我自己的,一天二十四小时,什么时间也可以买我的身体。我消失在欲海里。在清醒的世界中我并不存在。我看着人们在我身上狂动,我的手指算计着钱数。我不思想,只是盘算——怎能多进五毛钱。我不哭,哭不好看。只为钱着急,不管我自己。"

她休息了一会儿,我的泪已滴湿她的衣襟。

"你回来了!"她继续着说,"你也三十多了;我记得你是十七岁的小学生。你的眼已不是那年——多少年了?——看我那双绿拖鞋的眼。可是,多少还是你自己,我,早已死了。你可以继续作那初恋的梦,我已无梦可作。我始终一点也不怀疑,我知道你要是回来,必定要我。及至见着你,我自己已找不到我自己,拿什么给你呢?你没回来的时候,我永远不拒绝,不论是对谁说,我是爱你;你回来了,我只好狂笑。单等我落到这样,你才回来,这不是有意戏弄人?假如你永远不回来,我老有个南洋作我的梦景,你老有个我在你的心中,岂不很美?你偏偏的回来了,而且回来这样迟——"

"可是来迟了并不就是来不及了。"我插了一句。

"晚了就是来不及了。我杀了自己。"

"什吗?"

"我杀了我自己。我命定的只能住在你心中,生存在一首诗里,生死有什么区别?在打胎的时候我自己下了手。有你在我左右,我没法子再笑。不笑,我怎么挣钱?只有一条路,名字叫死。你回来迟了,我别再死迟了;我再晚死一会儿,我便连住在你心中的希望也没有了。我住在这里,这里便是你的心。这里没有阳光,没有声响,只有一些颜色。颜色是更持久的,颜色画成咱们的记忆。看那双小鞋,绿的,是点颜色,你我永远认识它们。"

"但是我也记得那双脚。许我看看吗?"

她笑了,摇摇头。

我很坚决,我握住她的脚,扯下她的袜,露出没有肉的一支白脚骨。

"去吧。"她推了我一把。"从此你我无缘再见了!我愿住在你的心中,现在不行了;我愿在你心中永远是青春。"

太阳已往西斜去；风大了些，也凉了些，东方有些黑云。春光在一个梦中惨淡了许多。我立起来，又看见那片暗绿的松树。立了不知有多久。远处来了些蠕动的小人，随着一些听不甚真的音乐。越来越近了，田中惊起许多白翅的鸟，哀鸣着向山这边飞。我看清了，一群人们匆匆的走，带起一些灰土。三五鼓手在前，几个白衣的在后，最后是一口棺材。春天也要埋人的。撒起一把纸钱，蝴蝶似的落在麦田上。东方的黑云更厚了，柳条的绿色加深了许多，绿得有些凄惨。心中茫然，只想起那双小绿拖鞋。像两片树叶在永生的树上作着春梦。

开市大吉

我，老王，和老邱，凑了点钱，开了个小医院。老王的夫人作护士主任，她本是由看护而高升为医生太太的。老邱的岳父是庶务兼会计。我和老王是这么打算好，假如老丈人报花账或是携款潜逃的话，我们俩就揍老邱；合着老邱是老丈人的保证金。我和老王是一党，老邱是我们后约的，我们俩总得防备他一下。办什么事，不拘多少人，总得分个党派，留个心眼。不然，看着便不大像回事儿。加上王太太，我们是三个打一个，假如必须打老邱的话。老丈人自然是帮助老邱喽，可是他年岁大了，有王太太一个人就可把他的胡子扯净了。老邱的本事可真是不错，不说屈心的话。他是专门割痔疮，手术非常的漂亮，所以请他合作。不过他要是找揍的话，我们也不便太厚道了。

我治内科，老王花柳，老邱专门痔漏兼外科，王太太是看护士主任兼产科,合着我们一共有四科。我们内科,老老实实的讲,是地道二五八。一分钱一分货,我们的内科收费可少呢。要敲是敲花柳与痔疮,老王和老邱是我们的希望。我和王太太不过是配搭,她就根本不是大夫,对于生产的经验她有一些,因为她自己生过两个小孩。至于接生的手术,反正我有太太决不叫她接生。可是我们得设产科,产科是最有利的。只要顺顺当当的产下来,至少也得住十天半月的;稀粥烂饭的对付着,住一天拿一天的钱。要是不顺顺当当的生产呢,那看事作事,临时再想主意。活人还能叫尿憋死?

我们开了张。"大众医院"四个字在大小报纸已登了一个半月。名字起的好——办什么赚钱的事儿,在这个年月,就是别忘了"大众"。不赚大众的钱,赚谁的?这不是真情实理吗?自然在广告上我们没这么说,因为大众不爱听实话的;我们说的是:"为大众而牺牲,为同胞谋幸福。一切科学化,一切平民化,沟通中西医术,打破阶级思想。"真花了不少广告费,本钱是得下一些的。把大众招来以后,再慢慢收拾他们。专就广告上看,谁也不知道我们的医院有多么大。院图是三层大楼,那是借用近邻转运公司的相片,我们一共只有六间平房。

我们开张了。门诊施诊一个星期，人来的不少，还真是"大众"，我挑着那稍像点样子的都给了点各色的苏打水，不管害的是什么病。这样，延迟过一星期好正式收费呀；那真正老号的大众就干脆连苏打水也不给，我告诉他们回家洗洗脸再来，一脸的滋泥，吃药也是白搭。

忙了一天，晚上我们开了紧急会议，专替大众不行啊，得设法找"二众"。我们都后悔了，不该叫"大众医院"。有大众而没贵族，由哪儿发财去？医院不是煤油公司啊，早知道还不如干脆叫"贵族医院"呢。老邱把刀子沾了多少回消毒水，一个割痔疮的也没来！长痔疮的阔佬谁能上"大众医院"来割？

老王出了主意：明天包一辆能驶的汽车，我们轮流的跑几趟，把二姥姥接来也好，把三舅母装来也行。一到门口看护赶紧往里搀，接上这三四十趟，四邻的人们当然得佩服我们。

我们都很佩服老王。

"再赁几辆不能驶的。"老王接着说。

"干吗？"我问。

"和汽车行商量借给咱们几辆正在修理的车，在医院门口放一天。一会儿叫咕嘟一阵。上咱们这儿看病的人老听外面咕嘟咕嘟的响,不知道咱们又来了多少坐汽车的。外面的人呢,老看着咱们的门口有一队汽车,还不唬住?"

我们照计而行,第二天把亲戚们接了来,给他们碗茶喝,又给送走。两个女看护是见一个搀一个,出来进去,一天没住脚。那几辆不能活动而能咕嘟的车由一天亮就运来了,五分钟一阵,轮流的咕嘟,刚一出太阳就围上一群小孩。我们给汽车队照了个像,托人给登晚报。老邱的丈人作了篇八股,形容汽车往来的盛况。当天晚上我们都没能吃饭,车咕嘟得太厉害了,大家都有点头晕。

不能不佩服老王,第三天刚一开门,汽车,进来位军官。老王急于出去迎接,忘了屋门是那么矮,头上碰了个大包。花柳;老王顾不得头上的包了,脸笑得一朵玫瑰似的,似乎再碰它七八个包也没大关系。三言五语,卖了一针六〇六。我们的两位女看护给军官解开制服,然后四只白手扶着他的胳臂,王太太过来先用小胖食指在针穴轻轻点了两下,然后老王才给用针。军官不知道东西南北了,看着看护一个劲儿说:"得劲!得劲!

得劲！"我在旁边说了话，再给他一针。老邱也是福至心灵，早预备好了——香片茶加了点盐。老王叫看护扶着军官的胳臂，王太太又过来用小胖食指点了点，一针香片下去了。军官还说得劲，老王这回是自动的又给了他一针龙井。我们的医院里吃茶是讲究的，老是香片龙井两着沏。两针茶，一针六〇六，我们收了他二十五块钱。本来应当是十元一针，因为三针，减收五元。我们告诉他还得接着来，有十次管保除根。反正我们有的是茶，我心里说。

把钱交了，军官还舍不得走，老王和我开始跟他瞎扯，我就夸奖他的不瞒着病——有花柳，赶快治，到我们这里来治，准保没危险。花柳是伟人病，正大光明，有病就治，几针六〇六，完了，什么事也没有。就怕像铺子里的小伙计，或是中学的学生，得了病藏藏掩掩，偷偷的去找老虎大夫，或是袖口来袖口去买私药——广告专贴在公共厕所里，非糟不可。军官非常赞同我的话，告诉我他已上过二十多次医院。不过哪一回也没有这回舒服。我没往下接碴儿。

老王接过去，花柳根本就不算病，自要勤扎点六〇六。军官非常赞同老王的话，并且有事实为证——

他老是不等完全好了便又接着去逛；反正再扎几针就是了。老王非常赞同军官的话，并且愿拉个主顾，军官要是长期扎扎的话，他愿减收一半药费：五块钱一针。包月也行，一月一百块钱，不论扎多少针。军官非常赞同这个主意，可是每次得照着今天的样子办，我们都没言语，可是笑着点了点头。

军官汽车刚开走，迎头来了一辆，四个丫环搀下一位太太来。一下车，五张嘴一齐问：有特别房没有？我推开一个丫环，轻轻的托住太太的手腕，搀到小院中。我指着转运公司的楼房说："那边的特别室都住满了。您还算得凑巧，这里——我指着我们的几间小房说——还有两间头等房，您暂时将就一下吧。其实这两间比楼上还舒服，省得楼上楼下的跑，是不是，老太太？"

老太太的第一句话就叫我心中开了一朵花："唉，这还像个大夫——病人不为舒服，上医院来干吗？东生医院那群大夫，简直的不是人！"

"老太太，您上过东生医院？"我非常惊异的问。

"刚由那里来，那群王八羔子！"

乘着她骂东生医院——凭良心说，这是我们这里最大最好的医院——我把她搀到小屋里，我知道，我要是不引着她骂东生医院，她决不会住这间小屋。"您在那儿住了几天？"我问。

"两天，两天就差点要了我的命！"老太太坐在小床上。

我直用腿顶着床沿，我们的病床都好，就是上了点年纪，爱倒。"怎么上那儿去了呢？"我的嘴不敢闲着，不然，老太太一定会注意到我的腿的。

"别提了！一提就气我个倒仰。你看，大夫，我害的是胃病，他们不给我东西吃！"老太太的泪直要落下来。

"不给您东西吃？"我的眼都瞪圆了。"有胃病不给东西吃？庸医！就凭您这个年纪？老太太您有八十了吧？"

老太太的泪立刻收回去许多，微微的笑着："还小呢。刚五十八岁。"

"和我的母亲同岁，她也是有时候害胃口疼！"我抹了抹眼睛。"老太太，您就在这儿住吧，我准把那点病治好了。这个病全仗着好保养，想吃什么就吃；吃下去，心里一舒服，病就减去几分，是不是，老太太？"

老太太的泪又回来了，这回是因为感激我。"大夫，你看，我专爱吃点硬的，他们偏叫我喝粥，这不是故意气我吗?"

"您的牙口好,正应当吃口硬的呀!"我郑重的说。

"我是一会儿一饿,他们非到时候不准我吃!"

"糊涂东西们!"

"半夜里我刚睡好,他们把小玻璃棍放在我嘴里,试什么度。"

"不知好歹!"

"我要便盆,那些看护说,等一等,大夫就来,等大夫查过病去再说!"

"该死的玩艺儿!"

"我刚挣扎着坐起来,看护说,躺下。"

"讨厌的东西!"

我和老太太越说越投缘,就是我们的屋子再小一点,大概她也不走了。爽性我也不再用腿顶着床了,即使床倒了,她也能原谅。

"你们这里也有看护呀?"老太太问。

"有,可是没关系,"我笑着说,"您不是带来四个丫环吗?叫她们也都住院就结了。您自己的人当然伺候的周到;我干脆不叫看护们过来,好不好?"

"那敢情好啦,有地方呀?"老太太好像有点过意不去了。

"有地方,您干脆包了这个小院吧。四个丫环之外,不妨再叫个厨子来,您爱吃什么吃什么。我只算您一个人的钱,丫环厨子都白住,就算您五十块钱一天。"

老太太叹了口气:"钱多少的没有关系,就这么办吧。春香,你回家去把厨子叫来,告诉他就手儿带两只鸭子来。"

我后悔了:怎么才要五十块钱呢?真想抽自己一顿嘴巴!幸而我没说药费在内;好吧,在药费上找齐儿就是了;反正看这个来派,这位老太太至少有一个儿子当过师长。况且,她要是天天吃火烧夹烤鸭,大概不会三五天就出院,事情也得往长里看。

医院很有个样子了:四个丫环穿梭似的跑出跑入,厨师傅在院中墙根砌起一座炉灶,好像是要办喜事似的。我们也不客气,老太太的果子随便拿起就尝,全鸭子也吃它几块。始终就没人想起给她看病,因为注意力全用在看她买来什么好吃食。

老工和我总算开了张,老邱可有点挂不住了。他手里老拿着刀子。我都直躲他,恐怕他拿我试试手。老王直劝他不要着急,可是他太好胜,非也给医院弄个几十块不甘心。我佩服他这种精神。

吃过午饭,来了!割痔疮的!四十多岁,胖胖的,肚子很大。王太太以为他是来生小孩,后来看清他是男性,才把他让给老邱。老邱的眼睛都红了。三言五语,老邱的刀子便下去了。四十多岁的小胖子疼得直叫唤,央告老邱用点麻药。老邱可有了话:

"咱们没讲下用麻药哇!用也行,外加十块钱。用不用?快着!"

小胖子连头也没敢摇。老邱给他上了麻药。又是一刀,又停住了:"我说,你这可有管子,刚才咱们可没讲下割管子。还往下割不割?往下割的话,外加三十块钱。不的话,这就算完了。"

我在一旁,暗伸大指,真有老邱的!拿住了往下敲,是个办法!

四十多岁的小胖子没有驳回,我算计着他也不能驳回。老邱的手术漂亮,话也说得脆,一边割管子一边宣传:"我告诉你,这点事儿值得你二百块钱;不过,我们不敲人;治好了只求你给传传名。赶明天你有工夫的时候,不妨来看看。我这些家伙用四万五千倍的显微镜照,照不出半点微生物!"

胖子一声也没出，也许是气胡涂了。

老邱又弄了五十块。当天晚上我们打了点酒，托老太太的厨子给作了几样菜。菜的材料多一半是利用老太太的。一边吃一边讨论我们的事业，我们决定添设打胎和戒烟。老王主张暗中宣传检查身体，凡是要考学校或保寿险的，哪怕已经作下寿衣，预备下棺材，我们也把体格表填写得好好的；只要交五元的检查费就行。这一案也没费事就通过了。老邱的老丈人最后建议，我们匀出几块钱，自己挂块匾。老人出老办法，可是总算有心爱护我们的医院，我们也就没反对。老丈人已把匾文拟好——仁心仁术。陈腐一点，不过也还恰当。我们议决，第二天早晨由老丈人上早市去找块旧匾。王太太说，把匾油饰好，等门口有过娶妇的，借着人家的乐队吹打的时候，我们就挂匾。到底妇女的心细，老王特别显着骄傲。

歪毛儿

小的时候,我们俩——我和白仁禄——下了学总到小茶馆去听评书。我俩每天的点心钱不完全花在点心上,留下一部分给书钱。虽然茶馆掌柜孙二大爷并不一定要我们的钱,可是我俩不肯白听。其实,我俩真不够听书的派儿:我那时脑后梳着个小坠根,结着红绳儿;仁禄梳俩大歪毛。孙二大爷用小笸箩打钱的时候,一到我俩面前便低声的说:"歪毛子!"把钱接过去,他马上笑着给我们抓一大把煮毛豆角,或是花生米来:"吃吧,歪毛子!"他不大爱叫我小坠根,我未免有点不高兴。可是说真的,仁禄是比我体面的多。他的脸正像年画上的白娃娃,虽然没有那么胖。单眼皮,小圆鼻子,清秀好看。一跑,俩歪毛左右开弓的敲着脸蛋,像个拨浪鼓儿。青嫩头皮,剃头之后,谁也想轻敲他三下——剃头打三光。就是稍打重了些,他也不急。

他不淘气，可是也有背不上书来的时候。歪毛仁禄背不过书来本可以不挨打，师娘不准老师打他，他是师娘的歪毛宝贝：上街给她买一缕白棉花线，或是打俩小钱的醋，都是仁禄的事儿。可是他自己找打。每逢背不上书来，他比老师的脾气还大。他把小脸憋红，鼻子皱起一块儿，对先生说："不背！不背！"不等老师发作，他又添上："就是不背，看你怎样！"老师磨不开脸了，只好拿板子吧。仁禄不擦磨手心，也不迟宕，单眼皮眨巴的特别快，摇着俩歪毛，过去领受手板。打完，眼泪在眼眶里转，转好大半天，像水花打旋而渗不下去的样儿。始终他不许泪落下来。过了一会儿，他的脾气消散了，手心搓着膝盖，低着头念书，没有声音，小嘴像热天的鱼，动得很快很紧。

奇怪，这么清秀的小孩，脾气这么硬。

到了入中学的年纪，他更好看了。还不甚胖，眉眼可是开展了。我们脸上都起了小红脓泡，他还是那么白净。后一天入中学，上一班的学生便有一个挤了他一膀了，然后说："对不起，姑娘！"仁禄一声没出，只把这位学友的脸打成发面包子。他不是打架呢，是拚命，连劝架的都受了点罣误伤。第二天，他没来上课。他又考入别的学校。

一直有十几年的工夫,我们俩没见面。听说,他在大学毕了业,到外边去作事。

去年旧历年前的末一次集,天很冷。千佛山上盖着些厚而阴寒的黑云。尖溜溜的小风,鬼似的搯人鼻子与耳唇。我没事,住的又离山水沟不远,想到集上看看。集上往往也有几本好书什么的。

我以为天寒人必少,其实集上并不冷静;无论怎冷,年总是要过的。我转了一圈,没看见什么对我的路子的东西——大堆的海带菜,财神的纸像,冻得铁硬的猪肉片子,都与我没有多少缘分。本想不再绕,可是极南边有个地摊,摆着几本书,引起我的注意,这个摊子离别的买卖有两三丈远,而且地点是游人不大来到的。设若不是我已走到南边,设若不是我注意书籍,我决不想过去。我走过去,翻了翻那几本书——都是旧英文教科书,我心里说,大年底下的谁买旧读本?看书的时候,我看见卖书人的脚,一双极旧的棉鞋,可是缎子的;袜子还是夏季的单线袜。别人都跺跺着脚,天是真冷;这双脚好像冻在地上,不动。把书合上我便走开了。

大概谁也有那个时候:一件极不相干的事,比如看见一群蚁擒住一个绿虫,或是一个癞狗被打,能使我们不痛快半天,那个挣扎的虫或是那条癞狗好似贴在我们心上,像块病似的。这双破缎子鞋就是这样贴在我的心上。走了几步,我不由的回了头。卖书的正弯身摆那几本书呢。其实我并没给弄乱:只那么几本,也无从乱起。我看出来,他不是久干这个的。逢集必赶的卖零碎的不这样细心。他穿着件旧灰色棉袍,很单薄,头上戴着顶没人要的老式帽头。由他的身上,我看到南圩子墙,千佛山,山上的黑云,结成一片清冷。我好似被他吸引住了。决定回去,虽然觉得不好意思的。我知道,走到他跟前,我未必敢端详他。他身上有那么一股高傲劲儿,像破庙似的,虽然破烂而仍令人心中起敬。我说不上来那几步是怎样走回去的,无论怎说吧,我又立在他面前。

我认得那两只眼,单眼皮儿。其余的地方我一时不敢相认,最清楚的记忆也不敢反抗时间,我俩已十几年没见了。他看了我一眼,赶快把眼转向千佛山去:一定是他了,我又认出这个神气来。

"是不是仁禄哥?"我大着胆问。

他又扫了我一眼,又去看山,可是极快的又转回来。他的瘦脸上没有任何表示,只是腮上微微的动了动,傲气使他不愿与我过话,可是"仁禄哥"三个字打动了他的心。他没说一个字,拉住我的手。手冰硬。脸朝着山,他无声的笑了笑。

"走吧,我住的离这儿不远。"我一手拉着他,一手拾起那几本书。

他叫了我一声。然后待了一会儿:"我不去!"

我抬起头来,他的泪在眼内转呢。我松开他的手,把几本书夹起来,假装笑着:"你走也得走,不走也得走!"

"待一会儿我找你去好了。"他还是不动。

"你不用!"我还是故意打哈哈似的说:"待一会儿?管保再也找不到你了?"

他似乎要急,又不好意思;多么高傲的人也不能不原谅梳着小辫时候的同学。一走路,我才看出他的肩往前探了许多。他跟我来了。

没有五分钟便到了家。一路上,我直怕他和我转了影壁。他坐在屋中了,我才放心,仿佛一件宝贝确实落在手中。可是我没法说话了。问他什么呢?怎么问呢?他的神气显然的是很不安,我不肯把他吓跑了。

想起来了,还有瓶白葡萄酒呢。找到了酒,又发现了几个金丝枣。好吧，就拿这些待客吧。反正比这么僵坐着强。他拿起酒杯，手有点颤。喝下半杯去，他的眼中湿了一点，湿得像小孩冬天下学来喝着热粥时那样。

"几时来到这里的？"我试着步说。

"我？有几天了吧？"他看着杯沿上一小片木塞的碎屑，好像是和这片小东西商议呢。

"不知道我在这里？"

"不知道。"他看了我一眼，似乎表示有许多话不便说，也不希望我再问。

我问定了。讨厌，但我俩是幼年的同学。"在哪儿住呢？"

他笑了："还在哪儿住？凭我这个样？"还笑着，笑得极无聊。

"那好了，这儿就是你的家，不用走了。咱们一块儿听鼓书去。趵突泉有三四处唱大鼓的呢：《老残游记》，嗳？"我想把他哄喜欢了。"记得小时候一同去听《施公案》？"

我的话没得到预期的效果，他没言语。但是我不失望。劝他酒，酒会打开人的口。还好，他对酒倒不甚拒绝，他的两脸渐渐有了红色。我的主意又来了：

"说，吃什么？面条？饺子？饼？说，我好去预备。"

"不吃，还得卖那几本书去呢！"

"不吃？你走不了！"

待了老大半天，他点了点头："你还是这么活泼！"

"我？我也不是咱们梳着小辫时的样子了！光阴多么快，不知不觉的三十多了，想不到的事！"

"三十多也就该死了。一个狗才活十来年。"

"我还不那么悲观。"我知道已把他引上了路。

"人生还就不是个好玩艺！"他叹了口气。

随着这个往下说，一定越说越远：我要知道的是他的遭遇。我改变了战略，开始告诉他我这些年的经过，好歹的把人生与悲观扯在里面，好不显着生硬。费了许多周折，我才用上了这个公式——"我说完了，该听你的了。"

其实他早已明白我的意思，始终他就没留心听我的话。要不然，我在引用公式以前还得多绕几个弯儿呢。他的眼神把我的话删短了好多。我说完，他好似没法子了，问了句：

"你叫我说什么吧？"

这真使我有点难堪。律师不是常常逼得犯人这样问么？可是我扯长了脸，反正我俩是有交情的。爽性直说了吧，这或者倒合他的脾气：

"你怎么落到这样？"

他半天没回答出。不是难以出口，他是思索呢。生命是没有什么条理的，老朋友见面不是常常相对无言么？

"从哪里说起呢？"他好像是和生命中那些小岔路商议呢。"你记得咱们小的时候，我也不短挨打？"

"记得，都是你那点怪脾气。"

"还不都在乎脾气，"他微微摇着头，"那时候咱俩还都是小孩子，所以我没对你说过；说真的那时节我自己也还没觉出来是怎回事。后来我才明白了，是我这两只眼睛作怪。"

"不是一双好好的眼睛吗？"我说。

"平日是好好的一对眼；不过，有时候犯病。"

"怎样犯病？"我开始怀疑莫非他有点精神病。

"并不是害眼什么的那种肉体上的病，是种没法治的毛病。有时候忽然来了，我能看见些——我叫不出名儿来。"

"幻象？"我想帮他的忙。

"不是幻象，我并没看见什么绿脸红舌头的。是些形象。也还不是形象,是一股神气。举个例说,你就明白了,你记得咱们小时候那位老师?很好的一个人,是不是?可是我一犯病,他就非常的可恶,我所以跟他横着来了。过了一会儿,我的病犯过去,他还是他,我白挨一顿打。只是一股神气,可恶的神气。"

我没等他说完就问:"你有时候你也看见我有那股神气吧?"

他微笑了一下:"大概是,我记不甚清了。反正咱俩吵过架,总有一回是因为我看你可恶。万幸,我们一入中学就不在一处了。不然……你知道,我的病越来越深。小的时候,我还没觉出这个来,看见那股神气只闹一阵气就完了;后来,我管不住自己了,一旦看出谁可恶来,就是不打架,也不能再和他交往,连一句话也不肯过。现在,在我的记忆中只有幼年的一切是甜蜜的,因为那时病还不深。过了二十,凡是可恶的都记在心里!我的记忆是一堆丑恶相片!"他愣起来了。

"人人都可恶?"我问。

"在我犯病的时节,没有例外。父母兄弟全可恶。要是敷衍,得敷衍一切,生命那才难堪。要打算不敷衍,得见一个打一个,办不到。慢慢的,我成了个无家无小没有一个朋友的人。干吗再交朋友呢？怎能交朋友呢？明知有朝一日便看出他可恶！"

我插了一句："你所谓的可恶或者应当改为软弱，人人有个弱点，不见得就可恶。"

"不是弱点。弱点足以使人生厌，可也能使人怜悯。譬如对一个爱喝醉了的人，我看见的不是这个。其实不用我这对眼也能看出点来，你不信这么试试，你也能看出一些，不过不如我的眼那么强就是了。你不用看人脸的全部，而单看他的眼，鼻子，或是嘴，你就看出点可恶来。特别是眼与嘴，有时一个人正和你讲道德说仁义，你能看见他的眼中有张活的春画正在动。那嘴，露着牙喷粪的时节单要笑一笑！越是上等人越可恶。没受过教育的好些，也可恶，可是可恶得明显一些；上等人会遮掩。假如我没有这么一对眼，生命岂不是个大骗局？还举个例说吧，有一回我去看戏，旁边来了个三十多岁的人，很体面，穿得也讲究。我的眼一斜，看出来，他可恶。我的心中冒了火。不干我的事，诚然；可是，为什么可恶的人单要一张体面的脸呢？这是人生的羞耻与错处。正在这么个当儿，查票了。这位先生没有票，瞪圆了眼向查票员说：'我姓王，没买过票，就是日本人查票,我姓王的还是不买!'我没法管束自己了。我并不是要惩罚他,是要把他的原形真面目打出来。我给了他一个顶有力的嘴巴。你猜他怎样?他嘴里嚷着,走了。要不怎说他可恶呢。这不是弱点,是故意的找打——只可惜没人常打他。他的原形是追着叫化子乱咬的母狗。幸而我那时节犯了病,不然,他在我眼中也是个体面的雄狗了。"

"那么你很愿意犯病!"我故意的问。

他似乎没听见,我又重了一句,他又微笑了笑。"我不能说我以这个为一种享受;不过,不犯病的时候更难堪——明知人们可恶而看不出,明知是梦而醒不了。病来了,无论怎样吧,我不至于无聊。你看,说打就打,多少有点意思。最有趣的是打完了人,人们还不敢当面说我什么,只在背后低声的说,这是个疯子。我没遇上一个可恶而硬正的人,都是些虚伪的软蛋。有一回我指着个军人的脸说他可恶,他急了,把枪掏出来,我很喜欢。我问他:'你干什么?'哼,他把枪收回去了,走出老远才敢回头看我一眼;可恶而没骨头的东西!"他又愣了一会儿。"当初,我是怕犯病。一犯病就吵架,事情怎会作得长远?久而久之,我怕不犯病了。不犯病就得找事去作，闲着是难堪的事。可是有事便有人，有人就可恶。一来二去，我立在了十字路口：长期的抵抗呢？还是敷衍一下？不能决定。病犯了不由的便惹是非，可是也有一月两月不犯的时候。我能专等着犯病，什么也不干？不能！刚要干点什么，病又来了。生命仿佛是拉锯玩呢。有一回，半年多没犯病。好了，我心里说，再找回人生的旧辙吧；既然不愿放火，烟还是由烟筒出去好。我回了家，老老实实去作孝子贤孙。脸也常刮一刮，表示出诚意的敷衍。既然看不见人中的狗脸，我假装看见狗中的人脸，对小猫小狗都很和气，闲着也给小猫梳梳毛，带着狗去溜个圈。我与世界复和了。人家世界本是热热闹闹的混，咱干吗非硬拐硬碰不可呢。这时候，我的文章作多了。第一，我想组织家庭，把油盐柴米的责任加在身上也许会治好了病。况且，我对妇人的印象比较的好。在我的病眼中经过的多数是男人。虽然这也许是机会不平的关系，可是我硬认定女子比男子好一些。作文章吗？人们大概都很会替生命作文章。我想，自要找到个理想的女子，大概能马马虎虎的混几十年。文章还不尽于此，原先我不是以眼的经验断定人人可恶吗，现在改了。我这么想了：人人可恶是个推论，我并没亲眼看见人人可恶呀。也许人人可恶，而我不永远是犯着病，所以看不出。可也许世上确有好人，完全人，就是立在我的病眼前面，我也看不出他可恶来。我并不晓得哪时犯病；看见面前的人变了样，我才晓得我是犯了病？焉知没有我已犯病而看不出人家可恶的时候呢？假如那是个根本不可恶的人。这么一作文章，我的希望更大了。我决定不再硬了，结婚，组织家庭，生胖小子；人家都快活的过日子，我干吗放着熟葡萄不吃，单捡酸的吃呢？文章作得不错。"

他休息了一会儿，我没敢催促他。给他满上了酒。

"还记得我的表妹？"他突然的问，"咱们小时候和她一块儿玩耍过。"

"小名叫招弟儿？"我想起来，那时候她耳上戴着俩小绿玉艾叶儿。

"就是。她比我小两岁，还没出嫁；等着我呢，好像是。想作文章就有材料，你看她等着我呢。我对她说了一切，她愿意跟我。我俩定了婚。"他又半天没言语，连喝了两三口酒。"有一天，我去找她，在路上我又犯了病。一个七八岁小女孩，拿着个粗碗，正在路中走。来了辆汽车。听见喇叭响，她本想往前跑，可是跑了一步,她又退回来了。车到了跟前,她蹲下了。车幸而猛的收住。在这个工夫,我看见车夫的脸,非常的可恶。在事实上他停住了车;心里很愿意把那个小女孩轧死,轧,来回的轧,轧碎了。作文章才无聊呢。我不能再找表妹去了。我的世界是个丑恶的,我不能把她也拉进来。我又跑了出来;给她一封极简短的信——不必再等我了。有过希望以后,我硬不起来了。我忽然的觉到,焉知我自己不可恶呢,不更可恶呢?这一疑虑,把硬气都跑了。以前,我见着可恶的便打,至少是瞪他那么一眼,使他哆嗦半天。我虽不因此得意,可是非常的自信——信我比别人强。及至一想结婚,与世界共同敷衍,坏了;我原来不比别人强,不过只多着双病眼罢了。我再没有勇气去打人了,只能消极的看谁可恶就躲开他。很希望别人指着脸子说我可恶,可是没人肯那么办。"他又愣了一会儿。"生命的真文章比人作的更周到?你看,我是刚从狱里出来。是这么回事,我和土匪们一块混来着。我既是也可恶,跟谁在一块不可以呢。我们的首领总算可恶得到家,接了赎款还把票儿撕了。绑来票砌在炕洞里。我没打他,我把他卖了,前几天他被枪毙了。在公堂上,我把他的罪恶都抖出来。他呢,一句也没扳我,反倒替我解脱。所以我只住了几天狱,没定罪。顶可恶的人原来也有点好心:撕票儿的恶魔不卖朋友!我以前没想到过这个。耶稣为仇人,为土匪祷告:他是个人物。他的眼或者就和我这对一样,可是他能始终是硬的,因为他始终是软的。普通人只能软,不能硬,所以世界没有骨气。我只能硬,不能软,现在没法安置我自己。人生真不是个好玩艺。"

他把酒喝净,立起来。

"饭就好。"我也立起来。

"不吃!"他很坚决。

"你走不了,仁禄!"我有点急了。"这儿就是你的家!"

"我改天再来,一定来!"他过去拿那几本书。

"一定得走?连饭也不吃?"我紧跟着问。

"一定得走!我的世界没有友谊。我既不认识自己,又好管教别人。我不能享受有秩序的一个家庭,像你这个样。只有瞎走乱撞还舒服一些。"

我知道,无须再留他了。愣了一会儿,我掏出点钱来。

"我不要!"他笑了笑:"饿不死。饿死也不坏。"

"送你件衣裳横是行了吧?"我真没法儿了。

他愣了会儿。"好吧,谁叫咱们是幼时同学呢。你准是以为我很奇怪,其实我已经不硬了。对别人不硬了。对自己是没法不硬的,你看那个最可恶的土匪也还有点骨气。好吧,给我件你自己身上穿着的吧。那件毛衣便好。有你身上的一些热气便不完全像礼物了。我太好作文章!"

我把毛衣脱给他。他穿在棉袍外边,没顾得扣上钮子。

空中飞着些雪片,天已遮满了黑云。我送他出去,谁也没说什么,一个阴惨的世界,好像只有我们俩的脚步声儿。到了门口,他连头也没回,探着点身在雪花中走去。

柳家大院

这两天我们的大院里又透着热闹，出了人命。

事情可不能由这儿说起，得打头儿来。先交代我自己吧，我是个算命的先生。我也卖过酸枣落花生什么的，那可是先前的事了。现在我在街上摆卦摊，好了呢一天也抓弄个三毛五毛的。老伴儿早死了，儿子拉洋车。我们爷儿俩住着柳家大院的一间北房。

除了我这间北房，大院里还有二十多间房呢。一共住着多少家子？谁记得清！住两间房的就不多，又搭上今个搬来，明儿又搬走，我没有那么好记性。大家见面招呼声"吃了吗"，透着和气；不说呢，也没什么。大家一天到晚为嘴奔命，没有工夫扯闲盘儿。爱说话的自然也有啊，可是也得先吃饱了。

还就是我们爷儿俩和王家可以算作老住户，都住了一年多了。早就想搬家，可是我这间屋子下雨还算不十分漏；这个世界哪去找不十分漏水的屋子？不漏的自然有哇，也得住得起呀！再说，一搬家又得花三份儿房钱，莫如忍着吧。晚报上常说什么"平等"，铜子儿不平等，什么也不用说。这是实话。就拿媳妇们说吧，娘家要是不使彩礼，她们一定少挨点揍，是不是？

王家是住两间房。老王和我算是柳家大院里最"文明"的人了。"文明"是三孙子，话先说在头里。我是算命的先生，眼前的字儿颇念一气。天天我看俩大子的晚报。"文明"人，就凭看篇晚报，别装孙子啦！老王是给一家洋人当花匠，总算混着洋事。其实他会种花不会，他自己晓得；若是不会的话，大概他也不肯说。给洋人院里剪草皮的也许叫作花匠；无论怎说吧，老王有点好吹。有什么意思？剪草皮又怎么低得呢？老王想不开这一层。要不怎么穷人没起色呢，穷不是，还好吹两句！大院里这样的人多了，老跟"文明"人学；好像"文明"人的吹胡子瞪眼睛是应当应分。反正他挣钱不多，花匠也罢，草匠也罢。

老王的儿子是个石匠，脑袋还没石头顺溜呢，没见过这么死巴的人。他可是好石匠，不说屈心话。小王娶了媳妇，比他小着十岁，长得像搁陈了的窝窝头，一脑袋黄毛，永远不乐，一挨揍就哭，还是不短挨揍。老王还有个女儿，大概也有十四五岁了，又贼又坏。他们四口住两间房。

除了我们两家，就得算张二是老住户了；已经在这儿住了六个多月。虽然欠下俩月的房钱，可是还对付着没叫房东给撵出去。张二的媳妇嘴真甜甘，会说话；这或者就是还没叫撵出去的原因。自然她只是在要房租来的时候嘴甜甘；房东一转身，你听她那个骂。谁能不骂房东呢；就凭那么一间狗窝，一月也要一块半钱？！可是谁也没有她骂得那么到家，那么解气。连我这老头子都有点爱上她了，不为别的，她真会骂。可是，任凭怎么骂，一间狗窝还是一块半钱。这么一想，我又不爱她了。没真章儿，骂骂算得了什么呢。

张二和我的儿子同行，拉车。他的嘴也不善，喝俩铜子的猫尿能把全院的人说晕了；穷嚼！我就讨厌穷嚼，虽然张二不是坏心肠的人。张二有三个小孩，大的检煤核，二的滚车辙，三的满院爬。

提起孩子来了，简直的说不上来他们都叫什么。院子里的孩子足够一混成旅，怎能记得清楚呢？男女倒好分，反正能光眼子就光着。在院子里走道总得小心点；

一慌，不定踩在谁的身上呢。踩了谁也得闹一场气。大人全憋着一肚子委屈，可不就抓个碴儿吵一阵吧。越穷，孩子越多，难道穷人就不该养孩子？不过，穷人也真得想个办法。这群小光眼子将来都干什么去呢？又跟我的儿子一样，拉洋车？我倒不是说拉洋车就低得，我是说人就不应当拉车；人吗，当牲口？可是，好些个还活不到拉车的年纪呢。今年春天闹瘟疹，死了一大批。最爱打孩子的爸爸也咧着大嘴的哭，自己的孩子有个不心疼的？可是哭完也就完了，小席头一卷，夹出城去；死了死了，省吃是真的。腰里没钱心似铁，我常这么说。这不像一句话，是得想个办法！

除了我们三家子，人家还多着呢。可是我只提这三家子就够了。我不是说柳家大院出了人命吗？死的就是王家那个小媳妇——像窝窝头的那位。我又说她像窝窝头，这可不是拿死人打哈哈。我也不是说她"的确"像窝窝头。我是替她难受，替和她差不多的姑娘媳妇们难受。我就常思索，凭什么好好的一个姑娘，养成像窝窝头呢？从小儿不得吃，不得喝，还能油光水滑的吗？是，不错，可是凭什么呢？

少说闲话吧；是这么回事：老王第一个不是东西。

我不是说他好吹吗？是，事事他老学那些"文明"人。娶了儿媳妇，喝，他不知道怎么好了。一天到晚对儿媳妇挑鼻子弄眼睛，派头大了。为三个钱的油，两个大的醋，他能闹得翻江倒海。我知道，穷人肝气旺，爱吵架。老王可是有点存心找毛病；他闹气，不为别的，专为学学"文明"人的派头。他是公公；妈的，公公几个子儿一个！我真不明白，为什么穷小子单要充"文明"，这是哪一股儿毒气呢？早晨，他起得早，总得也把小媳妇叫起来，其实有什么事呢？他要立这个规矩，穷酸！她稍微晚起来一点，听吧，这一顿揍！

我知道，小媳妇的娘家使了一百块的彩礼。他们爷儿俩大概再有一年也还不清这笔亏空，所以老拿小媳妇泄气。可是要专为这一百块钱闹气，也倒罢了，虽然小媳妇已经够冤枉的。他不是专为这点钱。他是学"文明"人呢，他要作足了公公的气派。他的老伴不是死了吗，他想把婆婆给儿媳妇的折磨也由他承办。他变着方儿挑她的毛病。她呢，一个十七岁的孩子可懂得什么？跟她要排场？我知道他那些排场是打哪儿学来的：在茶馆里听那些"文明"人说的。他就是这么个人——和"文明"人要是过两句话，替别人吹几句，脸上立刻能红堂堂的。在洋人家里剪草皮的时候，洋人要是跟他过一句半句的话，他能把尾巴摆动三天三夜。他确是有尾巴。可是他摆了一辈子的尾巴了，还是他妈的住破大院啃窝窝头。我真不明白！

老王上工去的时候，把磨折儿媳妇的办法交给女儿替他办。那个贼丫头！我一点也没有看不起穷人家的娘娘的意思；她们给人家作丫环去呀，作二房去呀，当窑姐去呀，是常有的事（不是应该的事），那能怨她们吗？不能！可是我讨厌王家这个二姐，她和她爸爸一样的讨人嫌，能钻天觅缝的给她嫂子小鞋穿，能大睁白眼的造旱谣言给嫂子使坏。我知道她为什么这么坏，她是由那个洋人供给着在一个工读学校念书，她一万多个看不上她的嫂子。她也穿双整鞋，头发上也戴着把梳子，瞧她那个美！我就这么琢磨这回事：世界上不应当有穷有富。可是穷人要是狗着有钱的，往高处爬，比什么也坏。老王和二姐就是好例子。她嫂子要是作双青布新鞋，她变着方儿给踩上泥，然后叫他爸爸骂儿媳妇。我没工夫细说这些事儿，反正这个小媳妇没有一天得着好气；有的时候还吃不饱。

小王呢，石厂子在城外，不住在家里。十天半月的回来一趟,一定揍媳妇一顿。在我们的柳家大院,揍儿媳妇是家常便饭。谁叫老婆吃着男子汉呢,谁叫娘家使了彩礼呢,挨揍是该当的。可是小王本来可以不揍媳妇,因为他轻易不家来,还愿意回回闹气吗?哼,有老王和二妞在旁边唧咕啊。老王罚儿媳妇挨饿,跪着;到底不能亲自下手打,他是自居为"文明"人的,哪能落个公公打儿媳妇呢?所以挑唆儿子去打;他知道儿子是石匠,打一回胜似别人打五回的。儿子打完了媳妇,他对儿子和气极了。二妞呢,虽然常拧嫂子的胳臂,可也究竟是不过瘾,恨不能看着哥哥把嫂子当作石头,一哑子锤碎才痛快,我告诉你,一个女人要是看不起一个女人的,那就是活对头。二妞自居女学生;嫂子不过是花一百块钱买来的一个活窝窝头。

  王家的小媳妇没有活路。心里越难受,对人也越不和气;全院里没有爱她的人。她连说话都忘了怎么说了。也有痛快的时候,见神见鬼的闹"撞客"。总是在小王揍完她走了以后,她又哭又说,一个人闹欢了。我的差事来了,老王和我借宪书,抽她的嘴巴。他怕鬼,叫我去抽。等我进了她的屋子,把她安慰得不哭了——我没抽过她,她要的是安慰,几句好话——他进来了,掐她的人中,用草纸熏;其实他知道她已缓醒过来,故意的惩治她。每逢到这个节骨眼,我和老王吵一架。平日他们吵闹我不管;管又有什么用呢?我要是管,一定是向着小媳妇;这岂不更给她添堵?所以我不管。不过,每逢一闹撞客,我们俩非吵不可了,因为我是在那儿,眼看着,还能一语不发?奇怪的是这个,我们俩吵架,院里的人总说我不对;妇女们也这么说。他们以为她该挨揍。他们也说我多事。男的该打女的,公公该管教儿媳妇,小姑子该给嫂子气受,他们这群男女信这个!怎么会信这个呢?谁教给他们的呢?那个王八蛋三孙子"文明"可笑,又可哭,肚子饿得像两层皮的臭虫,还信"文明"呢?!

　　前两天,石匠又回来了。老王不知怎么一时心顺,没叫儿子揍媳妇,小媳妇一见大家欢天喜地,当然是喜欢,脸上居然有点像要笑的意思。二妞看见了这个,仿佛是看见天上出了两个太阳。一定有事!她嫂子正在院子里作饭,她到嫂子屋里去搜开了。一定是石匠哥哥给嫂子买来了贴己的东西,要不然她不会脸上笑出来。翻了半天,什么也没翻出来。我说"半天",意思是翻得很详细;小媳妇屋里的东西还多得了吗?我们的大院里凑到一块也找不出两张整桌子来，要不怎么不闹贼呢。我们要是有钱票，是放在袜筒儿里。

二妞的气大了。嫂子脸上敢有笑容？不管查得出私弊查不出，反正得惩治她！

小媳妇正端着锅饭澄米汤，二妞给了她一脚。她的一锅饭出了手。"米饭"！不是丈夫回来，谁敢出主意吃"饭"！她的命好像随着饭锅一同出去了。米汤还没澄干，稀粥似的，雪白的饭，摊在地上。她拚命用手去捧，滚烫，顾不得手；她自己还不如那锅饭值钱呢。实在太热，她捧了几把，疼到了心上，米汁把手糊住。她不敢出声，咬上牙，扎着两只手，疼得直打转。

"爸！瞧她把饭全洒在地上啦！"二妞喊。

爷儿俩全出来了。老王一眼看见饭在地上冒热气，登时就疯了。他只看了小王那么一眼，已然是说明白了："你是要媳妇，还是要爸爸？"

小王的脸当时就涨紫了，过去揪住小媳妇的头发，拉倒在地。小媳妇没出一声，就人事不知了。

"打！往死了打！打！"老王在一旁嚷，脚踢起许多土来。

二妞怕嫂子是装死，过去拧她的大腿。

院子里的人都出来看热闹，男人不过来劝解，女的自然不敢出声；男人就是喜欢看别人揍媳妇——给自己的那个老婆一个榜样。

我不能不出头了。老王很有揍我一顿的意思。可是我一出头，别的男人也蹭过来。好说歹说，算是劝开了。

第二天一清早，小王老王全去作工。二妞没上学，为是继续给嫂子气受。

张二嫂动了善心，过来看看小媳妇，因为张二嫂自信会说话，所以一安慰小媳妇，可就得罪了二妞。她们俩抬起来了。当然二妞不行，她还说得过张二嫂！"你这个丫头要不下窑子，我不姓张！"一句话就把二妞骂闷过去了，"三秃子给你俩大子，你就叫他亲嘴；你当我没看见呢？有这么回事没有？有没有？"二嫂的嘴就堵着二妞的耳朵眼，二妞直往后退，还说不出话来。

这一场过去，二妞搭讪着上了街，不好意思再和嫂子闹了。

小媳妇一个人在屋里，工夫可就大啦。张二嫂又过来看一眼，小媳妇在炕上躺着呢，可是穿着出嫁时候的那件红袄。张二嫂问了她两句，她也没回答，只扭过脸去。张家的小二，正在这么工夫跟个孩子打起来，张二嫂忙着跑去解围，因为小二被敌人给按在底下了。

二妞直到快吃饭的时候才回来，一直奔了嫂子的屋子去，看看她作好了饭没有。二妞向来是不动手作饭的，女学生吗！一开屋门，她失了魂似的喊了一声，嫂子在门梁上吊着呢！院子的人全吓惊了，没人想起把她摘下来，好鞋不踩臭狗屎，谁肯往人命事儿里搀合呢？

二妞捂着眼吓成孙子了。"还不找你爸爸去？！"不知道谁说了这么一句，她扭头就跑，仿佛鬼在后头追她呢。

老王回来也傻了。小媳妇是没有救儿了；这倒不算什么，脏了房，人家房东能饶得了他吗？再娶一个，只要有钱；可是上次的债还没归清呢？这些个事叫他越想越气，真想咬吊死鬼儿几块肉才解气！

娘家来了人，虽然大嚷大闹，老王并不怕。他早有了预备，早问明白了二妞，小媳妇是受张二嫂的挑唆才想上吊；王家没逼她死，王家没给她气受。你看，老王学"文明"人真学得到家，能瞪着眼扯谎。

张二嫂可抓了瞎，任凭怎么能说会道，也禁不住贼咬一口，入骨三分！人命，就是自己能分辩，丈夫回来也得闹一阵。打官司自然是不会打的，柳家大院的人还敢打官司？可是老王和二妞要是一口咬定，小媳妇的娘家要是跟她要人呢，这可不好办！柳家大院是不讲情理的，老王要是咬定了她，她还就真跑不了。谁叫自己平日爱说话呢，街坊们有不少恨着她的，就棍打腿，他们还不一拥而上把她"打倒"，用个晚报上的字眼。果不其然，张二一回来就听说了，自己的媳妇惹了祸。谁还管青红皂白，先揍完再说，反正打媳妇是理所当然的事。张二嫂挨了顿好的，全大院都觉得十分的痛快。

　　小媳妇的娘家不打官司，要钱，没钱再说厉害的。老王怕什么偏有什么；前者娶儿媳妇的钱还没还清，现在又来了一档子！可是，无论怎样，也得答应着拿钱，要不然屋里放着吊死鬼，总不像句话。

　　小王也回来了，十分的像个石头人，可是我看得出，他的心里很难过，谁也没把死了的小媳妇放在心上，只有小王进到屋中，在尸首旁边坐了半天。要不是他的爸爸"文明"，我想他决不会常打她。可是，爸爸"文明"，儿子也自然是要孝顺了，打吧！一打，他可就忘了他的胳臂本是砸石头的。他一声没出，在屋里坐了好大半天，而且把一条新裤子——就是没补钉的呀——给媳妇穿上。他的爸爸跟他说什么，他好像没听见。他一个劲儿的吸蝙蝠牌的烟，眼睛不错眼珠的看着点什么——别人都看不见的一点什么。

娘家要一百块钱——五十是发送小媳妇的，五十归娘家人用。小王还是一语不发。老王答应了拿钱。他第一个先找了张二去。"你的媳妇惹的祸，没什么说的，你拿五十，我拿五十；要不然我把吊死鬼搬到你屋里来。"老王说得温和，可又硬张。

张二刚喝了四个大子的猫尿，眼珠子红着。他也来得不善："好王大爷的话，五十？我拿！看见没有？屋里有什么你拿什么好了。要不然我把这两个大孩子卖给你，还不值五十块钱？小三的妈！把两个大的送到王大爷屋里去！会跑会吃，决不费事，你又没个孙子，正好吗！"

老王碰了个软的。张二屋里的陈设大概一共值不了四个子儿！俩孩子？叫张二留着吧。可是，不能这么轻轻的便宜了张二；拿不出五十呀，三十行不行？张二唱开了《打牙牌》，好像很高兴似的。"三十干吗？还是五十好了，先写在账上，多咱我叫电车轧死，多咱还你。"

老王想叫儿子揍张二一顿。可是张二也挺壮，不一定能揍了他。张二嫂始终没敢说话，这时候看出一步棋来，乘机会自己找找脸："姓王的你等着好了，我要不上你屋里去上吊，我不算好老婆，你等着吧！"

老王是"文明"人，不能和张二嫂斗嘴皮子。而且他也看出来，这种野娘们什么也干得出来，真要再来个吊死鬼，可就更吃不了兜着走了。老王算是没敲上张二，张二由《打牙牌》改成了《刀劈三关》。

其实老王早有了"文明"主意，跟张二这一场不过是虚晃一刀。他上洋人家里去，洋大人没在家，他给洋太太跪下了，要一百块钱。洋太太给了他，可是其中的五十是要由老王的工钱扣的，不要利钱。

老王拿着钱回来了，鼻子朝着天。

开张殃榜就使了八块；阴阳生要不开这张玩艺，麻烦还小得了吗，这笔钱不能不花。

小媳妇总算死得值，一身新红洋缎的衣裤，新鞋新袜子，一头银白铜的首饰。十二块钱的棺材。还有五个和尚念了个光头三。娘家弄了四十多块去；老王无论如何不能照着五十的数给。

事情算是过去了，二妞可遭了报，不敢进屋子，无论干什么，她老看见嫂子在门梁上挂着，穿着红袄，向她吐舌头。老王得搬家。可是，脏房谁来住呢？自己住着，房东也许马马虎虎不究真儿；搬家，不叫赔房才怪呢。可是二妞不敢进屋睡觉也是个事儿。况且儿媳妇已经死了,何必再住两间房?让出那一间去,谁肯住呢?这倒难办了。

老王又有了高招儿,儿媳妇变成吊死鬼,他更看不起女人了。四五十块花在吊死鬼身上,还叫她娘家拿走四十多,真堵得慌。因此,连二妞的身分也落下来了。干脆把她打发了,进点彩礼,然后赶紧再给儿子续上一房。二妞不敢进屋子呀,正好,去她的。卖个三百二百的,除给儿子续娶之外,自己也得留点棺材本儿。

他搭讪着跟我说这个事。我以为要把二妞给我的儿子呢;不是,他是托我给留点神,有对事的外乡人肯出三百二百的就行。我没说什么。

正在这个时候,有人来给小王提亲,十八岁的大姑娘,能洗能作,才要一百廿块钱的彩礼。老王更急了,好像立刻把二妞铲下去才痛快。

房东来了,因为上吊的事吹到他耳朵里。老王把他虎回去了:房脏了,我现在还住着呢!这个事怨不上来我呀,我一天到晚不在家;还能给儿媳妇气受?架不住有坏街坊,要不是张二的娘们,我的儿媳妇能想起上吊?上吊也倒没什么,我呢现在又给儿子张罗着,反正混着洋事,自己没钱呀,还能和洋人说句话,接济一步。就凭这回事说吧,洋人送了我一百块钱!

房东叫他给唬住了,跟旁人一打听,的的确确是由洋人那儿拿来的钱,而且大家都很佩服老王。房东没再对老王说什么,不便于得罪混洋事的。可是张二这个家伙不是好调货,欠下两个月的房租,还由着娘们拉舌头扯簸箕,撵他搬家!张二嫂无论怎么会说,也得补上俩月的房钱,赶快滚蛋!

张二搬走了,搬走的那天,他又喝得醉猫似的。

等着看吧。看二妞能卖多少钱,看小王又娶个什么样的媳妇。什么事呢!"文明"是三孙子,还是那句!

抱　孙

　　难怪王老太太盼孙子呀；不为抱孙子，娶儿媳妇干吗？也不能怪儿媳妇成天着急；本来吗，不是不努力生养呀，可是生下来不活，或是不活着生下来，有什么法儿呢！就拿头一胎说吧：自从一有孕，王老太太就禁止儿媳妇有任何操作，夜里睡觉都不许翻身。难道这还算不小心？哪里知道，到了五个多月，儿媳妇大概是因为多眨巴了两次眼睛，小产了！还是个男胎；活该就结了！再说第二胎吧，儿媳妇连眨巴眼都拿着尺寸；打哈欠的时候有两个丫环在左右扶着。果然小心谨慎没错处，生了个大白胖小子。可是没活了五天，小孩不知为了什么，竟自一声没出，神不知鬼不觉的与世长辞了。那是十一月天气，产房里大小放着四个火炉，窗户连个针尖大的窟窿也没有，不要说是风，就是风神，想进来是怪不容易的。况且小孩还盖着四床被，五条毛毯，按说够温暖的了吧？哼，他竟自死了。命该如此！

现在，王少奶奶又有了喜，肚子大得惊人，看着颇像轧马路的石碾。看着这个肚子，王老太太心里仿佛长出两只小手，成天抓弄得自己怪要发笑的。这么丰满体面的肚子，要不是双胎才怪呢！子孙娘娘有灵，赏给一对白胖小子吧！王老太太可不只是祷告烧香呀，儿媳妇要吃活人脑子，老太太也不驳回。半夜三更还给儿媳妇送肘子汤，鸡丝挂面……儿媳妇也真作脸，越躺着越饿，点心点心就能吃二斤翻毛月饼：吃得顺着枕头往下流油，被窝的深处能扫出一大碗什锦来。孕妇不多吃怎么生胖小子呢？婆婆儿媳对于此点完全同意。婆婆这样，娘家妈也不能落后啊。她是七趟八趟来"催生"，每次至少带来八个食盒。两亲家，按着哲学上说，永远应当是对仇人。娘家妈带来的东西越多，婆婆越觉得这是有意羞辱人；婆婆越加紧张罗吃食，娘家妈越觉得女儿的嘴亏。这样一竞争，少奶奶可得其所哉，连嘴犄角都吃烂了。

收生婆已经守了七天七夜，压根儿生不下来。偏方儿，丸药，子孙娘娘的香灰，吃多了；全不灵验。到第八天头上，少奶奶连鸡汤都顾不得喝了，疼得满地打滚。王老太太急得给子孙娘娘跪了一股香，娘家妈把天仙庵的尼姑接来念催生咒；还是不中用。一直闹到半夜，小孩算是露出头发来。收生婆施展了绝技，除了把少奶奶的下部全抓破了别无成绩。小孩一定不肯出来。长似一年的一分钟，竟自过了五六十来分，还是只见头发不见孩子。有人说，少奶奶得上医院。上医院？王老太太不能这么办。好吗，上医院去开肠破肚不自自然然的产出来，硬由肚子里往外掏！洋鬼子，二毛子，能那么办；王家要"养"下来的孙子，不要"掏"出来的。娘家妈也发了言，养小孩还能快了吗？小鸡生个蛋也得到了时候呀！况且催生咒还没念完，忙什么？不敬尼姑就是看不起神仙！

又耗了一点钟，孩子依然很固执。少奶奶直翻白眼。王老太太眼中含着老泪，心中打定了主意：保小的不保大人。媳妇死了，再娶一个；孩子更要紧。她翻白眼呀，正好一狠心把孩子拉出来。找奶妈养着一样的好，假如媳妇死了的话。告诉了收生婆，拉！娘家妈可不干了呢，眼看着女儿翻了两点钟的白眼！孙子算老几，女儿是女儿。上医院吧，别等念完催生咒了；谁知道尼姑们念的是什么呢，假如不是催生咒，岂不坏了事？把尼姑打发了。婆婆还是不答应；"掏"，行不开！婆婆不赞成，娘家妈还真没主意。嫁出的女儿泼出的水，活是王家的人，死是王家的鬼呀。两亲家彼此瞪着，恨不能咬下谁一块肉才解气。

又过了半点多钟，孩子依然不动声色，干脆就是不肯出来。收生婆见事不好，抓了一个空儿溜了。她一溜，王老太太有点拿不住劲儿了。娘家妈的话立刻增加了许多分量："收生婆都跑了，不上医院还等什么呢？等小孩死在胎里哪！"

"死"和"小孩"并举，打动了王太太的心。可是"掏"到底是行不开的。

"上医院去生产的多了，不是个个都掏。"娘家妈力争，虽然不一定信自己的话。

王老太太当然不信这个，上医院没有不掏的。

幸而娘家爹也赶到了。娘家妈的声势立刻浩大起来。娘家爹也主张上医院。他既然也这样说，只好去吧。无论怎说，他到底是个男人。虽然生小孩是女人的事，可是在这生死关头，男人的主意多少有些力量。

两亲家，王少奶奶，和只露着头发的孙子，一同坐汽车上了医院。刚露了头发就坐汽车，真可怜的慌，两亲家不住的落泪。

一到医院,王老太太就炸了烟。怎么,还得挂号?什么叫挂号呀?生小孩子来了,又不是买官米打粥,按哪门子号头呀?王老太太气坏了,孙子可以不要了,不能挂这个号。可是继而一看,若是不挂号,人家大有不叫进去的意思。这口气难咽,可是还得咽;为孙子什么也得忍受。设若自己的老爷还活着,不立刻把医院拆个土平才怪;寡妇不行,有钱也得受人家的欺侮。没工夫细想心中的委屈,赶快把孙子请出来要紧。挂了号,人家要预收五十块钱。王老太太可抓住了:"五十?五百也行,老太太有钱!干脆要钱就结了,挂哪门子浪号,你当我的孙子是封信呢!"

医生来了。一见面,王老太太就炸了烟,男大夫?男医生当收生婆?我的儿媳妇不能叫男子大汉给接生。这一阵还没炸完,又出来两个大汉,抬起儿媳妇就往床上放。老太太连耳朵都哆嗦开了!这是要造反呀,人家一个年青青的孕妇,怎么一群大汉来动手脚的?"放下,你们这儿有懂人事的没有?要是有的话,叫几个女的来!不然,我们走!"

恰巧遇上个顶和气的医生,他发了话:"放下,叫她们走吧!"

王老太太咽了口凉气,咽下去砸得心中怪热的,要不是为孙子,至少得打大夫几个最响的嘴巴!现官不如现管,谁叫孙子故意闹脾气呢。抬吧,不用说废话。两个大汉刚把儿媳妇放在帆布床上,看!大夫用两只手在她肚子上这一阵按!王老太太闭上了眼,心中骂亲家母:你的女儿,叫男子这么按,你连一声也不发,德行!刚要骂出来,想起孙子;十来个月的没受过一点委屈,现在被大夫用手乱杵,嫩皮嫩骨的,受得住吗?她睁开了眼,想警告大夫。哪知道大夫反倒先问下来了:"孕妇净吃什么来着?这么大的肚子!你们这些人没办法,什么也给孕妇吃,吃得小孩这么肥大。平日也不来检验,产不下来才找我们!"他没等王老太太回答,向两个大汉说:"抬走!"

王老太太一辈子没受过这个。"老太太"到哪儿不是圣人,今天竟自听了一顿教训!这还不提,话总得说得近情近理呀;孕妇不多吃点滋养品,怎能生小孩呢,小孩怎会生长呢?难道大夫在胎里的时候专喝西北风?西医全是二毛子!不便和二毛子辩驳;拿娘家妈杀气吧,瞪着她!娘家妈没有意思挨瞪,跟着女儿就往里走。王老太太一看,也忙赶上前去。那位和气生财的大夫转过身来:"这儿等着!"

两亲家的眼都红了。怎么着,不叫进去看看?我们知道你把儿媳妇抬到哪儿去啊?是杀了,还是剐了啊?大夫走了。王老太太把一肚子邪气全照顾了娘家妈:"你说不掏,看,连进去看看都不行!掏?还许大切八块呢!宰了你的女儿活该!万一要把我的孙子——我的老命不要了。跟你拚了吧!"

娘家妈心中打了鼓,真要把女儿切了,可怎办?大切八块不是没有的事呀,那回医学堂开会不是大玻璃箱里装着人腿人腔子吗?没办法!事已至此,跟女儿的婆婆干吧!"你倒怨我?是谁一天到晚填我的女儿来着?没听大夫说吗?老叫儿媳妇的嘴不闲着,吃出毛病来没有?我见人见多了,就没看见一个像你这样的婆婆!"

"我给她吃?她在你们家的时候吃过饱饭吗?"王太太反攻。

"在我们家里没吃过饱饭,所以每次看女儿去得带八个食盒!"

"可是呀,八个食盒,我填她,你没有?"

两亲家混战一番,全不示弱,骂得也很具风格。

大夫又回来了。果不出王老太太所料，得用手术。手术二字虽听着耳生，可是猜也猜着了，手要是竖起来，还不是开刀问斩？大夫说：用手术，大人小孩或者都能保全。不然，全有生命的危险。小孩已经误了三小时，而且决不能产下来，孩子太大。不过，要施手术，得有亲族的签字。

王老太太一个字没听见。掏是行不开的。

"怎样？快决定！"大夫十分的着急。

"掏是行不开的！"

"愿意签字不？快着！"大夫又紧了一板。

"我的孙子得养出来！"

娘家妈急了："我签字行不行？"

王老太太对亲家母的话似乎特别的注意："我的儿媳妇！你算哪道？"

大夫真急了，在王老太太的耳根子上扯开脖子喊："这可是两条人命的关系！"

"掏是不行的！"

"那么你不要孙子了？"大夫想用孙子打动她。

果然有效，她半天没言语。她的眼前来了许多鬼影，全似乎是向她说："我们要个接续香烟的，掏出来的也行!"

她投降了。祖宗当然是愿要孙子;掏吧!"可有一样,掏出来得是活的!"她既是听了祖宗的话,允许大夫给掏孙子,当然得说明了——要活的。掏出个死的来干吗用?只要掏出活孙子来,儿媳妇就是死了也没大关系。

娘家妈可是不放心女儿:"准能保大小都活着吗?"

"少说话!"王老太太教训亲家太太。

"我相信没危险,"大夫急得直流汗,"可是小孩已经耽误了半天,难保没个意外;要不然请你签字干吗?"

"不保准呀?乘早不用费这道手!"老太太对祖宗非常的负责任;好吗,掏了半天都再不会活着,对的起谁!

"好吧,"大夫都气晕了,"请把她拉回去吧!你可记住了,两条人命!"

"两条三条吧,你又不保准,这不是瞎扯!"

大夫一声没出,抹头就走。

王老太太想起来了,试试也好。要不是大夫要走,她决想不起这一招儿来。"大夫,大夫!你回来呀,试试吧!"

大夫气得不知是哭好还是笑好。把单子念给她听,她画了个十字儿。

两亲家等了不晓得多么大的时候，眼看就天亮了，才掏了出来，好大的孙子，足分量十三磅！王老太太不晓得怎么笑好了，拉住亲家母的手一边笑一边刷刷的落泪。亲家母已不是仇人了，变成了老姐姐。大夫也不是二毛子了，是王家的恩人，马上赏给他一百块钱才合适。假如不是这一掏，叫这么胖的大孙子生生的憋死，怎对祖宗呀？恨不能跪下就磕一阵头，可惜医院里没供着子孙娘娘。

胖孙子已被洗好，放在小儿室内。两位老太太要进去看看。不只是看看，要用一夜没洗过的老手指去摸摸孙子的胖脸蛋。看护不准两亲家进去，只能隔着玻璃窗看着。眼看着自己的孙子在里面，自己的孙子，连摸摸都不准！娘家妈摸出个红封套来——本是预备赏给收生婆的——递给看护；给点运动费，还不准进去？事情都来得邪，看护居然不收。王老太太揉了揉眼，细端详了看护一番，心里说："不像洋鬼子妞呀，怎么给赏钱都不接着呢？也许是面生，不好意思的？有了，先跟她闲扯几句，打开了生脸就好办了。"指着屋里的一排小篮说："这些孩子都是掏出来的吧？"

"只是你们这个，其余的都是好好养下来的。"

"没那个事，"王老太太心里说，"上医院来的都得掏。"

"给孕妇大油大肉吃才掏呢。"看护有点爱说话。

"不吃，孩子怎能长这么大呢！"娘家妈已和王老太太立在同一战线上。

"掏出来的胖宝贝总比养下来的瘦猴儿强！"王老太太有点觉得不掏出来的孩子没有住医院的资格。"上医院来'养'，脱了裤子放屁，费什么两道手！"

无论怎说，两亲家干瞪眼进不去。

王老太太有了主意，"丫环，"她叫那个看护，"把孩子给我，我们家去。还得赶紧去预备洗三请客呢！"

"我既不是丫环，也不能把小孩给你。"看护也够和气的。

"我的孙子，你敢不给我吗？医院里能请客办事吗？"

"用手术取出来的，大人一时不能给小孩奶吃，我们得给他奶吃。"

"你会，我们不会？我这快六十的人了，生过儿养过女，不比你懂得多；你养过小孩吗？"老太太也说不清看护是姑娘，还是媳妇，谁知道这头戴小白盔的是什么呢。

"没大夫的话，反正小孩不能交给你！"

"去把大夫叫来好了，我跟他说；还不愿意跟你费话呢！"

"大夫还没完事呢，割开肚子还得缝上呢。"

看护说到这里，娘家妈想起来女儿。王老太太似乎还想不起儿媳妇是谁。孙子没生下来的时候，一想起孙子便也想到媳妇；孙子生下来了，似乎把媳妇忘了也没什么。娘家妈可是要看看女儿，谁知道女儿的肚子上开了多大一个洞呢？割病室不许闲人进去，没法，只好陪着王老太太瞭望着胖小子吧。

好容易看见大夫出来了。王老太太赶紧去交涉。

"用手术取小孩，顶好在院里住一个月。"大夫说。

"那么三天满月怎么办呢？"王老太太问。

"是命要紧，还是办三天要紧呢？产妇的肚子没长上，怎能去应酬客人呢？"大夫反问。

王老太太确是以为办三天比人命要紧，可是不便于说出来，因为娘家妈在旁边听着呢。至于肚子没长好，怎能招待客人，那有办法："叫她躺着招待，不必起来就是了。"

大夫还是不答应。王老太太悟出一条理来："住院不是为要钱吗？好，我给你钱，叫我们娘们走吧，这还不行？"

"你自己看看去，她能走不能？"大夫说。

两亲家反都不敢去了。万一儿媳妇肚子上还有个盆大的洞，多么吓人？还是娘家妈爱女儿的心重，大着胆子想去看看。王老太太也不好意思不跟着。

到了病房，儿媳妇在床上放着的一张卧椅上躺着呢，脸就像一张白纸。娘家妈哭得放了声，不知道女儿是活还是死。王老太太到底心硬，只落了一半个泪，紧跟着炸了烟："怎么不叫她平平正正的躺下呢？这是受什么洋刑罚呢？"

"直着呀，肚子上缝的线就绷了，明白没有？"大夫说。

"那么不会用胶粘上点吗？"王老太太总觉得大夫没有什么高明主意。

娘家妈想和女儿说几句话，大夫也不允许。两亲家似乎看出来，大夫不定使了什么坏招儿，把产妇弄成这个样。无论怎说吧，大概一时是不能出院。好吧。先把孙子抱走，回家好办三天呀。

大夫也不答应，王老太太急了。"医院里洗三不洗？要是洗的话，我把亲友全请到这儿来；要是不洗的话,再叫我抱走;头大的孙子,洗三不请客办事,还有什么脸得活着?"

"谁给小孩奶吃呢?"大夫问。

"雇奶妈子!"王老太太完全胜利。

到底把孙子抱出来了。王老太太抱着孙子上了汽车,一上车就打嚏喷,一直打到家,每个嚏喷都是照准了孙子的脸射去的。到了家,赶紧派人去找奶妈子,孙子还在怀中抱着,以便接收嚏喷。不错,王老太太知道自己是着了凉;可是至死也不能放下孙子。到了晌午,孙子接了至少有二百多个嚏喷,身上慢慢的热起来。王老太太更不肯撒手了。到了下午三点来钟,孙子烧得像块火炭了。到了夜里,奶妈子已雇妥了两个,可是孙子死了,一口奶也没有吃。

王老太太只哭了一大阵;哭完了,她的老眼瞪圆了:"掏出来的!掏出来的能活吗?跟医院打官司!那么沉重的孙子会只活了一天,哪有的事?全是医院的坏,二毛子们!"

王老太太约上亲家母,上医院去闹。娘家妈也想把女儿赶紧接出来,医院是靠不住的!

把儿媳妇接出来了,不接出来怎好打官司呢?接出来不久，儿媳妇的肚子裂了缝，贴上"产后回春膏"也没什么用，她也不言不语的死了。好吧，两案归一，王老太太把医院告了下来。老命不要了，不能不给孙子和媳妇报仇！

黑白李

爱情不是他们哥儿俩这档子事的中心,可是我得由这儿说起。

黑李是哥,白李是弟,哥比弟大着五岁。俩人都是我的同学,虽然白李刚一入中学,黑李和我就毕业了。黑李是我的好友,因为常到他家去,所以对白李的事儿我也略知一二。五年是个长距离,在这个时代。这哥儿俩的不同正如他们的外号——黑,白。黑李要是古人,白李是现代的。他们俩并不因此打架吵嘴,可是对任何事的看法也不一致。黑李并不黑;只是在左眉上有个大黑痣。因此他是"黑李";弟弟没有那么个记号,所以是"白李";这在给他们送外号的中学生们看,是很逻辑的。其实他俩的脸都很白,而且长得极相似。

他俩都追她——恕不道出姓名了——她说不清到底该爱谁,又不肯说谁也不爱。于是大家替他们弟兄捏着把汗。明知他俩不肯吵架，可是爱情这玩艺是不讲交情的。

可是，黑李让了。

我还记得清清楚楚：正是个初夏的晚间，落着点小雨，我去找他闲谈，他独自在屋里坐着呢，面前摆着四个红鱼细瓷茶碗。我们俩是用不着客气的，我坐下吸烟，他摆弄那四个碗。转转这个，转转那个，把红鱼要一点不差的朝着他。摆好，身子往后仰一仰，像画家设完一层色那么退后看看。然后，又逐一的转开，把另一面的鱼们摆齐。又往后仰身端详了一番，回过头来向我笑了笑，笑得非常天真。

他爱弄这些小把戏。对什么也不精通，可是什么也爱动一动。他并不假充行家，只信这可以养性。不错，他确是个好脾性的人。有点小玩艺，比如粘补旧书等等，他就能平安的销磨半日。

叫了我一声，他又笑了笑，"我把她让给老四了"，按着大排行，白李是四爷，他们的伯父屋中还有弟兄呢。"不能因为个女子失了兄弟们的和气。"

"所以你不是现代人。"我打着哈哈说。

"不是；老狗熊学不会新玩艺了。三角恋爱，不得劲儿。我和她说了，不管她是爱谁，我从此不再和她来往。觉得很痛快！"

"没看见过这么讲恋爱的。"

"你没看见过？我还不讲了呢。干她的去，反正别和老四闹翻了。赶明儿咱俩要来这么一出的话，希望不是你收兵，就是我让了。"

"于是天下就太平了？"

我们笑开了。

过了有十天吧，黑李找我来了。我会看，每逢他的脑门发暗，必定是有心事。每逢有心事，我俩必喝上半斤莲花白。我赶紧把酒预备好，因为他的脑门不大亮吗。

喝到第二盅上，他的手有点哆嗦。这个人的心里存不住事。遇上点事，他极想镇定，可是脸上还泄露出来。他太厚道。

"我刚从她那儿来。"他笑着，笑得无聊；可还是真的笑，因是要对个好友道出胸中的闷气。这个人若没有好朋友，是一天也活不了的。

我并不催促他；我俩说话用不着忙，感情都在话中间那些空子里流露出来呢。彼此对看着，一齐微笑，神气和默中的领悟，都比言语更有分量。要不怎么白李一见我俩喝酒就叫我们"一对糟蛋"呢。

"老四跟我好闹了一场。"他说。我明白这个"好"字——第一他不愿说兄弟间吵了架,第二不愿只说弟弟不对,即使弟弟真是不对。这个字带出不愿说而又不能不说的曲折。"因为她。我不好,太不明白女子心理。那天不是告诉我,我让了吗?我是居心无愧之好,她可出了花样。她以为我是故意羞辱她。你说对了,我不是现代人,我把恋爱看成该怎样就怎样的事,敢情人家女子愿意'大家'在后面追随着。她恨上了我。这么报复一下——我放弃了她,她断绝了老四。老四当然跟我闹了。所以今天又找她去,请罪。她骂我一顿,出出气,或者还能和老四言归于好。我这么希望。哼,她没骂我。她还叫我和老四都作她的朋友。这个,我不能干,我并没这么明对她讲,我上这儿跟你说说。我不干,她自然也不再理老四。老四就得再跟我闹。"

"没办法!"我替他补上这一小句。待了会儿:"我找老四一趟,解释一下?"

"也好。"他端着酒盅愣了会儿,"也许没用。反正我不再和她来往。老四再跟我闹呢,我不言语就是了。"

我们俩又谈了些别的,他说这几天正研究宗教。我知道他的读书全凭兴之所至,决不因为谈到宗教而想他有点厌世，或是精神上有什么大的变动。

哥哥走，弟弟来了。白李不常上我这儿来，这大概是有事。他在大学还没毕业，可是看起来比黑李精明着许多。他这个人，叫你一看，你就觉得他应当到处作领袖。每一句话，他不是领导着你走上他所指出的路子，便是把你绑在断头台上。他没有客气话，和他哥正相反。

我对他也不便太客气了，省得他说我是"糟蛋"。

"老二当然来过了？"他问。黑李是大排行行二。"也当然跟你谈到我们的事？"我自然不便急于回答，因为有两个"当然"在这里。果然，没等我回答，他说了下去："你知道，我是借题发挥？"

我不知道。

"你以为我真要那个女玩艺？"他笑了，笑得和他哥哥一样，只是黑李的向来不带着这不屑于对我笑的劲儿。"我专为和老二捣乱，才和她来往；不然，谁有工夫招呼她？男与女的关系，从根儿上说，还不是兽欲的关联？为这个，我何必非她不行？老二以为这个兽欲的关系应当叫作神圣的，所以他郑重的向她磕头，及至磕了一鼻子灰，又以为我也应当去磕，对不起，我没那个瘾!"他哈哈的笑起来。

我没笑,也不敢插嘴。我很留心听他的话,更注意看他的脸。脸上处处像他哥哥,可是那股神气又完全不像他的哥哥。这个,使我忽而觉得是和一个顶熟识的人说话,忽而又像和个生人对坐着。我有点不舒坦——看着个熟识的面貌,而找不到那点看惯了的神气。

"你看,我不磕头;得机会就吻她一下。她喜欢这个,至少比受几个头更过瘾。不过,这不是正笔。正文是这个,你想我应当老和二爷在一块儿吗?"

我当时回答不出。

他又笑了笑——大概心中是叫我糟蛋呢。"我有我的前途,我的计划;他有他的。顶好是各走各的路,是不是?"

"是,你有什么计划?"我好容易想起这么一句,不然便太僵得慌了。

"计划,先不告诉你。得先分家,以后你就明白我的计划了。"

"因为要分居,所以和老二吵;借题发挥?"我觉得自己很聪明似的。

他笑着点了头,没说什么,好像准知道我还有一句呢。我确是有一句："为什么不明说，而要吵呢？"

"他能明白我吗？你能和他一答一和的说，我不行。我一说分家，他立刻就得落泪。然后，又是那一套——母亲去世的时候，说什么来着？不是说咱俩老得和美吗？他必定说这一套，好像活人得叫死人管着似的。还有一层，一听说分家，他管保不肯，而愿把家产都给了我，我不想占便宜。他老拿我当作'弟弟'，老拿自己的感情限定住别人的举止，老假装他明白我，其实他是个时代落伍者。这个时代是我的，用不着他来操心管我。"他的脸上忽然的很严重了。

看着他的脸，我心中慢慢的起了变化——白李不仅是看不起"两糟蛋"的狂傲少年了，他确是要树立住自己，我也明白过来，他要是和黑李慢慢的商量，必定要费许多动感情的话，要讲许多弟兄间的情义；即使他不讲，黑李总要讲的。与其这样，还不如吵，省得拖泥带水，他要一刀两断，各自奔前程。再说，慢慢的商议。老二决不肯干脆的答应。老四先吵嚷出来，老二若还不干，便是显着要霸占弟弟的财产了。猜到这里，我心中忽然一亮：

"你是不是叫我对老二去说？"

"一点不错。省得再吵。"他又笑了。"不愿叫老二太难堪了，究竟是弟兄。"似乎他很不喜说这末后的两个字——弟兄。

我答应了给他办。

"把话说得越坚决越好。二十年内，我俩不能作弟兄。"他停了一会儿，嘴角上挤出点笑来。"也给老二想了，顶好赶快结婚，生个胖娃娃就容易把弟弟忘了。二十年后，我当然也落伍了，那时候，假如还活着的话，好回家作叔叔。不过，告诉他，讲恋爱的时候要多吻少磕头，要死追，别死跪着。"他立起来，又想了想："谢谢你呀。"他叫我明明的觉出来，这一句是特意为我说的，他并不负要说的责任。

为这件事，我天天找黑李去。天天他给我预备好莲花白。吃完喝完说完，无结果而散。至少有半个多月的工夫是这样。我说的，他都明白，而且愿意老四去闯练闯练。可是临完的一句老是"舍不得老四呀！"。

"老四的计划？计划？"他走过来，走过去，这么念道。眉上的黑痣夹陷在脑门的皱纹里，看着好似缩小了些。"什么计划呢？你问问他，问明白我就放心了。"

"他不说。"我已经这么回答过五十多次了。

"不说便是有危险性！我只有这么一个弟弟！叫他跟我吵吧，吵也是好的。从前他不这样，就是近来和我吵。大概还是为那个女的！劝我结婚？没结婚就闹成这样，还结婚！什么计划呢？真！分家？他爱要什么拿什么好了。大概是我得罪了他，我虽不跟他吵，我知道我也有我的主张。什么计划呢？他要怎样就怎样好了，何必分家……"

这样来回磨，一磨就是一点多钟。他的小玩艺也一天比一天增多：占课，打卦，测字，研究宗教……什么也没能帮助他推测出老四的计划，只添了不少小恐怖。这可并不是说，他显着怎样的慌张。不，他依旧是那么婆婆慢慢的。他的举止动作好像老追不上他的感情，无论心中怎着急，他的动作是慢的，慢得仿佛是拿生命当作玩艺儿似的逗弄着。

我说老四的计划是指着将来的事业而言，不是现在有什么具体的办法。他摇头。

就这么耽延着，差不多又过了一个多月。

"你看，"我抓住了点理，"老四也不催我，显然他说的是长久之计，不是马上要干什么。"

他还是摇头。

时间越长,他的故事越多。有一个礼拜天的早晨,我看见他进了礼拜堂。也许是看朋友,我想。在外面等了他会儿。他没出来。不便再等了,我一边走一边想:老李必是受了大的刺激——失恋,弟兄不和,或者还有别的。只就我知道的这两件事说,大概他已经支持不下去。他的动作仿佛是拿生命当作小玩艺,那正是因他对任何小事都要慎重的考虑。茶碗上的花纹摆不齐都觉得不舒服。那一件小事也得在他心中摆好,摆得使良心上舒服。上礼拜堂去祷告,为是坚定良心。良心是古圣先贤给他制备好了的,可是他又不愿将一切新事新精神一笔抹杀。结果,他"想"怎样老不如"已是"怎样来得现成,他不知怎样才好。他大概是真爱她,可是为弟弟不能不放弃她,而且失恋是说不出口的。他常对我说,"咱们也坐一回飞机"。说完,他一笑,不是他笑呢,是"身体发肤,受之父母"笑呢。

过了晌午,我去找他。按说一见面就得谈老四,在过去的一个多月都是这样。这次他变了花样,眼睛很亮,脸上有点极静适的笑意,好像是又买着一册善本的旧书。

"看见你了。"我先发了言。

他点了点头，又笑了一下："也很有意思！"

什么老事情被他头次遇上，他总是说这句。对他讲个闹鬼的笑话，也是"很有意思"！他不和人家辩论鬼的有无，他信那个故事，"说不定世上还有比这更奇怪的事"。据他看，什么事都是可能的。因此，他接受的容易，可就没有什么精到的见解。他不是不想多明白些，但是每每在该用脑子的时候，他用了感情。

"道理都是一样的，"他说，"总是劝人为别人牺牲。"

"你不是已经牺牲了个爱人？"我愿多说些事实。

"那不算，那是消极的割舍，并非由自己身上拿出点什么来。这十来天，我已经读完'四福音书'。我也想好了，我应当分担老四的事，不应当只不准他离开我。你想想吧，设若他真是专为分家产，为什么不来跟我明说？"

"他怕你不干。"我回答。

"不是！这几天我用心想过了，他必是真有个计划，而且是有危险性的。所以他要一刀两断，以免连累了我。你以为他年青，一冲子性？他正是利用这个骗咱们；他实在是体谅我，不肯使我受屈。把我放在安全的地方，他好独作独当的去干。必定是这样！我不能撒手他，我得为他牺牲！母亲临去世的时候——"他没往下说，因为知道我已听熟了那一套。

我真没想到这一层。可是还不深信他的话；焉知他不是受了点宗教的刺激而要充分的发泄感情呢？

我决定去找白李，万一黑李猜得不错呢！是，我不深信他的话，可也不敢要悬虚。

怎么找也找不到白李。学校，宿舍，图书馆，网球场，小饭铺，都看到了，没有他的影儿。和人们打听，都说好几天没见着他。这又是白李之所以为白李；黑李要是离家几天，连好朋友们他也要通知一声。白李就这么人不知鬼不觉的不见了。我急出一个主意来——上"她"那里打听打听。

她也认识我，因为我常和黑李在一块儿。她也好几天没见着白李。她似乎很不满意李家兄弟，特别是对黑李。我和她打听白李，她偏跟我谈论黑李。我看出来，她确是注意——假如不是爱——黑李。大概她是要圈住黑李，作个标本。有比他强的呢，就把他免了职；始终找不到比他高明的呢，最后也许就跟了他。这么一想，虽然只是一想，我就没乘这个机会给他和她再撮合一下；按理说应当这么办，可是我太爱老李，总觉得他值得娶个天上的仙女。

从她那里出来，我心中打开了鼓。白李上哪儿去了呢？不能告诉黑李！一叫他知道了，他能立刻登报找弟弟，而且要在半夜里起来占课测字。可是，不说吧，我心中又痒痒。干脆不找他去？也不行。

走到他的书房外边，听见他在里面哼唧呢。他非高兴的时候不哼唧着玩。可是平日他哼唧，不是诗便是那句代表一切歌曲的"深闺内，端的是玉无瑕"。这次的哼唧不是这些。我细听了听，他是练习圣诗呢。他没有音乐的耳朵，无论什么，到他耳中都是一个味儿。他唱出的时候，自然也还是一个味儿。无论怎样吧，反正我知道他现在是很高兴。为什么事高兴呢？

我进到屋中，他赶紧放下手中的圣诗集，非常的快活："来得正好，正想找你去呢！老四刚走。跟我要了一千块钱去。没提分家的事，没提！"

显然他是没问弟弟，那笔钱是干什么用。要不然他不能这么痛快。他必是只求弟弟和他同居，不再管弟弟的行动；好像即使弟弟有带危险的计划，自要不分家，便也没什么可怕的了。我看明白了这点。

"祷告确是有效，"他郑重的说，"这几天我天天祷告，果然老四就不提那回事了。即使他把钱都扔了，反正我还落下个弟弟！"

我提议喝我们照例的一壶莲花白。他笑着摇摇头："你喝吧，我陪着吃菜，我戒了酒。"

我也就没喝，也没敢告诉他，我怎么各处去找老四。老四既然回来了，何必再说？可是我又提起"她"来。他连接碴儿也没接，只笑了笑。

对于老四和"她"，似乎全没什么可说的了。他给我讲了些圣经上的故事。我一面听着，一面心中嘀咕——老李对弟弟与爱人所取的态度似乎有点不大对；可是我说不出所以然来。我心中不十分安定，一直到回在家中还是这样。

又过了四五天，这点事还在我心中悬着。有一天晚上，王五来了。他是在李家拉车，已经有四年了。

王五是个诚实可靠的人，三十多岁，头上有块疤——据说是小时候被驴给啃了一口。除了有时候爱喝口酒，他没有别的毛病。

他又喝多了点，头上的疤都有点发红。

"干吗来了，王五？"我和他的交情不错，每逢我由李家回来得晚些，他总张罗把我拉回来，我自然也老给他点酒钱。

"来看看你。"说着便坐下了。

我知道他是来告诉我点什么。"刚沏上的茶，来碗？"

"那敢情好，我自己倒，还真有点渴！"

我给了他支烟卷，给他提了个头儿："有什么事吧？"

"哼，又喝了两壶，心里痒痒；本来是不应当说的事！"他用力吸了口烟。

"要是李家的事，你对我说了准保没错。"

"我也这么想，"他又停顿了会儿，可是被酒气催着，似乎不能不说，"我在李家四年零三十五天了！现在叫我很难。二爷待我不错，四爷呢，简直是我的朋友。所以不好办。四爷的事，不准我告诉二爷；二爷又是那么傻好的人。对二爷说吧，又对不起四爷——我的朋友。心里别提多么为难了！论理说呢，我应当向着四爷。二爷是个好人，不错；可究竟是个主人。多么好的主人也还是主人，不能肩膀齐为弟兄。他真待我不错，比如说吧，在这老热天，我拉二爷出去，他总设法在半道上耽搁会儿，什么买包洋火呀，什么看看书摊呀，为什么？为是叫我歇歇，喘喘气。要不怎说，他是好主人呢，他好，咱也得敬重他，这叫作以好换好。久在街上混，还能不懂这个？"

我又让了他碗茶，显出我不是不懂"外面"的人。他喝完，用烟卷指着胸口说："这儿，咱这儿可是爱四爷。怎么呢？四爷年青，不拿我当个拉车的看。他们哥儿俩的劲儿——心里的劲儿——不一样。二爷吧，一看天气热就多叫我歇会儿，四爷就不管这一套，多么热的天也说拉着他飞跑。可是四爷和我聊起来的时候；他就说，证什么人应当拉着人呢？他是为我们拉车的——天下的拉车的都算在一块儿——抱不平。二爷对'我'不错，可想不到大家伙儿。所以你看，二爷来的小，四爷来的大。四爷不管我的腿，可是管我的心；二爷是家长里短，可怜我的腿，可不管这儿。"他又指了指心口。

我晓得他还有话呢，直怕他的酒气被酽茶给解去，所以又紧他一板："往下说呀，王五！都说了吧，反正我还能拉老婆舌头，把你搁里！"

他摸了摸头上的疤，低头想了会儿。然后把椅子往前拉了拉，声音放得很低："你知道，电车道快修完了？电车一开，我们拉车的全玩完！这可不是为我自个儿发愁，是为大家伙儿。"他看了我一眼。

我点了点头。

"四爷明白这个,要不怎么我俩是朋友呢。四爷说:王五,想个办法呀!我说:四爷,我就有一个主意,揍!四爷说:王五,这就对了,揍!一来二去,我们可就商量好了。这我不能告诉你。我要说的是这个,"他把声音放得很低了,"我看见了,侦探跟上了四爷!未必然是为这件事,可是叫侦探跟着总不妥当。这就来到坐蜡的地方了:我要告诉二爷吧,对不起四爷;不告诉吧,又怕把二爷也饶在里面。简直的没法儿!"

把王五支走,我自己琢磨开了。

黑李猜的不错,白李确是有个带危险性的计划。计划大概不一定就是打电车,他必定还有厉害的呢。所以要分家,省得把哥哥拉扯在内。他当然是不怕牺牲,也不怕牺牲别人,可是还不肯一声不发的牺牲了哥哥——把黑李牺牲了并无济于事。电车的事来到眼前,连哥哥也顾不得了。

我怎办呢?警告黑李是适足以激起他的爱弟弟的热情。劝白李,不但没用,而且把王四搁在里边。

事情越来越紧了,电车公司已宣布出开车的日子。

我不能再耗着了,得告诉黑李去。

他没在家,可是王五没出去。

"二爷呢?"

"出去了。"

"没坐车?"

"好几天了,天天出去不坐车?"

由王五的神气,我猜着了:"王五,你告诉了他?"

王五头上的疤都紫了:"又多喝了两盅不由的就说了。"

"他呢?"

"他直要落泪。"

"说什么来着?"

"问了我一句——老五,你怎样?我说,王五听四爷的。他说了声,好。别的没说,天天出去,也不坐车。"

我足足的等了三点钟,天已大黑,他才回来。

"怎样?"我用这两个字问到了一切。

他笑了笑:"不怎样。"

决没想到他这么回答我。我无须再问了,他已决定了办法。我觉得非喝点酒不可,但是独自喝有什么味呢。我只好走吧。临别的时候,我题了句:"跟我出去玩几天，好不好？"

"过两天再说吧。"他没说别的。

感情到了最热的时候是会最冷的。想不到他会这样对待我。

电车开车的头天晚上，我又去看他。他没在家，直等到半夜，他还没回来。大概是故意的躲我。

王五回来了，向我笑了笑："明天！"

"二爷呢？"

"不知道。那天你走后，他用了不知什么东西，把眉毛上的黑痣子烧去了，对着镜子直出神。"

完了，没了黑痣，便是没有了黑李。不必再等他了。

我已经走出大门，王五把我叫住："明天我要是——"他摸了摸头上的疤，"你可照应着点我的老娘！"

约摸五点多钟吧，王五跑进来，跑得连裤子都湿了。"全——揍了！"他再也说不出话来。直喘了不知有多大工夫，他才缓过气来，抄起茶壶对着嘴喝了一气。"啊！全揍了！马队冲下来，我们才散。小马六叫他们拿去了，看得真真的。我们吃亏没有家伙，专仗着砖头哪行！小马六要玩完"。

"四爷呢？"我问。

"没看见。"他咬着嘴唇想了想,"哼,事闹得不小!要是拿的话呀,准保是拿四爷。他是头目。可也别说,四爷并不傻,别看他青年。小马六要玩完,四爷也许不能。"

"也没看见二爷?"

"他昨天就没回家。"他又想了想,"我得在这儿藏两天。"

"那行。"

第二天早晨,报纸上登出——砸车暴徒首领李——当场被获一同被获的还有一个学生,五个车夫。

王五看着纸上那些字只认得一个"李"字,"四爷玩完了!四爷玩完了!"低着头假装抓那块疤,泪落在报上。

消息传遍了全城,枪毙李——和小马六,游街示众。

毒花花的太阳,把路上的石子晒得烫脚,街上可是还挤满了人。一辆敞车上坐着两个人,手在背后捆着。土黄制服的巡警,灰色制服的兵,前后押着,刀光在阳光下发着冷气。车越走越近了,两个白招子随着车轻轻的颤动。前面坐着的那个,闭着眼,额上有点汗,嘴唇微动，像是祷告呢。离我不远，他在我头前坐着摆动过去。我的泪迷住了我的心。等车过去半天，我才醒了过来，一直跟着车走到行刑场。他一路上连头也没抬一次。

他的眉皱着点，嘴微张着，胸上汪着血，好像死的时候还正在祷告。我收了他的尸。

过了几个月，我在上海遇见了白李，要不是我招呼他，他一定就跑过去了。

"老四！"我喊了他一声。

"啊？"他似乎受了一惊。"呕，你？我当是老二复活了呢。"

大概我叫得很像黑李的声调，并非有意的，或者是在我心中活着的黑李替我叫了一声。

白李显着老了一些，更像他的哥哥了。我们俩并没说多少话，他好似不大愿意和我多谈。只记得他的这么两句：

"老二大概是进了天堂，他在那里顶合适了；我还在这儿砸地狱的门呢。"

眼　镜

宋修身虽然是学着科学，可是在日常生活上不管什么科学科举的那一套。他相信饭馆里苍蝇都是消过毒的，所以吃芝麻酱拌面的时候不劳手挥目送的瞎讲究。他有对儿近视眼，也有对儿近视镜。可是他除非读书的时候不戴上它们。据老说法：越戴镜子眼越坏。他信这个。得不戴就不戴，譬如走路逛街，或参观运动会的时候，他的镜子是在手里拿着。即使什么也看不见，而且脑袋常常的发晕，那也活该。

他正往学校里走。溜着墙根，省得碰着人；不过有时候踩着狗腿。这回，眼镜盒子是卷在两本厚科学杂志里。他准知道这个办法不保险，所以走几步，站住摸一摸。把镜子丢了，上堂听课才叫抓瞎。况且自己的财力又不充足，买对眼镜说不定就会破产。本打算把盒子放在袋里，可是身上各处的口袋都没有空地方：笔记本，手绢,铅笔,橡皮,两个小瓶,一块吃剩下的烧饼,都占住了地盘。还是这么拿着吧,小心一点好了;好在盒子即使掉在地上也会有响声的。

一拐弯,碰上了个同学。人家招呼他,他自然不好不答应。站住说了几句。来了辆汽车,他本能的往里手一躲,本来没有躲的必要,可是眼力不济,得特别的留神,于是把鼻子按在墙上。汽车和朋友都过去了,他紧赶了几步,怕是迟到。走到了校门,一摸,眼镜盒子没啦!登时头上见了汗。抹回头去找,哪里有个影儿。拐弯的地方,老放着几辆洋车。问拉车的,他们都没看见,好像他们也都是近视眼似的。又往回找到校门,只摸了两手的土。心里算是别扭透了!掏出那块干烧饼狠命的摔在校门上,假如口袋里没这些零碎?假如不是遇上那个臭同学?假如不躲那辆闯丧的汽车?巧!越巧心里越堵得慌!一定是被车夫拾了去,瞪着眼不给,什么世界!天天走熟了的路,掉了东西会连告诉一声都不告诉,而捡起放在自己的袋里?一对近视镜有什么用?

宋修身的鼻子按在墙上的时候,眼镜盒子落在墙根。车夫王四看见了。

王四本想告诉一声,可是一看是"他",一年到头老溜墙根,没坐过一回车。话到了嘴边,又回去了。汽车刚拐过去,他顺手捡起盒子,放在腰中。

当着别的车夫,不便细看,可是心中不由得很痛快,坐在车上舒舒服服的微笑。

他看见宋修身回来了,满头是汗,怪可怜的。很想拿出来还给他。可是别人都说没看见,自己要是招认了,吃了又吐,怪不好意思的。况且给他也是白给,他还能给点报酬?白叫他拿去,而且还得叫朋友们奚落一场——喝,拾了东西连一声都不出,怕我们抢你的?喝,拾了又白给了人家,真大方?莫若也说没看见。拾了就是拾了,活该。学生反正比拉车的阔。

宋修身往回走,王四拉起车来,搭讪着说:"别这儿耗着啦,东边去搁会儿。"心里可是说:"今儿个咱算票不了啦,连盒子带镜子还不卖个块儿八七的?!"到了个僻静地方,放下车,把盒子掏出来。

好破的盒子,大概换洋火也就是换上一小包。盒子上面的布全磨没了,倒好,油汪汪的,上边还好像粘着点柿子汁儿。打开,眼镜框子还不坏,挺粗挺黑——王四就是不喜欢细铁丝似的那路镜框,看见戴稀软活软的镜框的人，他连"车"也不问一声。用手弹了弹耳插子，不像是铁的，可也不是木头的——许是玳瑁的！他心中一跳。

镜子真脏，往外凸着，上面净是一圈一圈的纹，腻着一圈圈的土，越到镜边上越厚。镜子底下还压着半根火柴。他把火柴划着，扔在地上。从车厢里拿出小破蓝布掸子来。给镜子哈了两口气，开始用掸子布擦。连哈了四次气，镜子才有个样儿；又沾了一回唾沫，才完全擦干净。自己戴了戴，不行，架子太小，戴不上；宋修身本是个小头小脸的人。"卖不出去，连自己戴着玩都不行！"王四未免有点失望。可是继而一想：拉车戴眼镜，不大像样儿；再说，怎能卖不出去呢？

拉着车，找着一个破货摊。"嗏，卖给你这个。"

"不要。"摆摊的人——一个红鼻子黄眼的家伙——连看也没看，虽然他的摊上有许多眼镜，而且有老式绣花的镜套子呢。

王四不想打架，连"妈的真和气！"都没说出声来。

又遇上个挑筐买卖破烂的。"嗏，卖给你这个，玳瑁框子！"

"没见过这样的玳瑁！"挑筐的看了一眼，"干脆要多少钱?"

"干脆你给多少?"王四把镜子递过去。

"二十子儿。"

"什么?"王四把镜子抢回来。

"给的不少。平光好卖,老花镜也好卖;这是近视镜。框子是化学的,说不定挑来挑去就弄碎了;白赔二十枚。"

王四的心凉了,可是还不肯卖;二十子?早知道还送给那个溜墙根的学生呢!

不卖了,他决定第二天把镜子送归原主;也许倒能得几毛钱的报酬。

第二天早晨,王四把车放在拐弯的地方。学校打了钟,溜墙根的近视眼还没来。一直等到十点多,还是没他的影儿。拉了趟买卖,约摸有十二点多了,又特意放回来。学生下了课,只是不见那个近视眼。

宋修身没来上课。

眼镜丢了以后,他来到教室里。虽然坐在前面,黑板上的字还是模糊不清。越看不清,越用力看;下了课,他的脑袋直抽着疼。他越发心里堵得慌。第二堂是算术习题。他把眼差不多贴在纸上,算了两三个题,他的心口直发痒,脑门非常的热。他好像把自己丢失了。平日最欢喜算术,现在他看着那些字码心里起急。心中熟记的那些公式,都加上了点新东西——眼镜,汽车,车夫。公式和懊恼搀杂在一块,把最喜爱的一门功课变成了最讨厌的一些气人的东西。他不能再安坐在课室里,他想跑到空旷的地方去嚷一顿才痛快。平日所不爱想的事,例如生命观等,这时候都在心中冒出来。一个破近视镜,拾去有什么用?可是竟自拾去!经济的压迫,白拾一根劈柴也是好的。不怨那个车夫。虽然想到这个,心中究竟是难过。今天的功课交不上。明天当然还是头疼。配镜子去,作不到。学期开始的时候,只由家中拿来七十几块钱,下俩月的饭费还没有着落。家中打的粮不少,可是卖不出去。想到了父亲,哥哥,一天到头受苦受累,粮可是卖不出去。平日他没工夫想这些问题,也不肯想这些问题;今天,算术的公式好像给它们匀出来点地方。他想不出一个办法,他头一次觉得生命没着落,好像一切稳定的东西都随着眼镜丢了,眼前事事模糊不清。他不想退学,也想不出继续求学的意义。

长极了的一点钟,好容易才过去。下课的钟声好像不和平日一样,好像有点特别的声调,是一种把大家都叫到野地去喊叫的口令。他出了教室,有一股怨气引着他走出校门;第三堂不上了,也没去请假。他就没想到还有什么第三堂,什么请假的规则。

溜着墙根,他什么也没想,又像想着点什么。到了拐弯的地方,他想起眼镜。几个车夫在那儿说话呢,他想再过去问问他们,可是低着头走了过去。

第二天,他没去上课。

王四没有等到那个近视眼。一天的工夫,心老在车箱里——那里有那个破眼镜盒子。不知道为什么老忘不了它。

将要收车的时候,小赵来了。小赵家里开着个小杂货铺,可是他不大管铺子里的事。他的父亲很希望他能管点事,可是叫他管事他就偷钱;儿子还不如伙计可靠呢。小赵的父亲每逢行个人情,或到庙里烧香,必定戴上平光的眼镜——八毛钱在小摊儿上买的。大铺户的掌柜和先生们都戴平光的眼镜,以便在戏馆中,庙会上,表示身分。所以小铺掌柜也不能落伍。小赵并不希望他父亲一病身亡,虽然死了也并没大关系。假如父亲马上死了,他想不出怎样表示出他变成了正式的掌柜,除非他也戴上平光的眼镜。八毛钱买的眼镜,价值不限于八毛。那是掌权立业,袋中老带着几块现洋的象征。

他常和王四们在一块儿。每逢由小铺摸出几毛来,他便和王四们押个宝,或者有时候也去逛个土窑子。车夫们都管他叫"小赵",除非赌急红了脸才称呼他"少掌柜",而在这种争斗的时节,他自己也开始觉到身分。平日,他没有什么脾气,对王四们都很"自己"。

"押押?我的庄?"小赵叫他们看了看手中的红而脏的毛票,然后掏出烟卷,吸着。

王四从耳朵上取下半截烟,就着小赵的火儿吸着。

大家都蹲在车后面。

不大一会儿,王四那点铜子全另找到了主人。他脑袋上的筋全不服气的涨起来。想往回捞一捞——"嗐,红眼,借给我几个子儿!"

红眼把手中的铜子押上,押了五道;手中既空,自然不便再回答什么,挤着红眼专等看骰子。

王四想不出招儿来。赌气子立起来,向四外看了看,看有巡警往这里来没有。虽然自己是输了,可是巡警要抓的话,他也跑不了。

小赵赢了，问大家还接着干不。大家还愿意干，可是小赵得借给他们资本。小赵满手是土，把铜子和毛票一齐放在腰里："别套着烂，要干，拿钱。"

大家快要称呼他"少掌柜"了。卖烧白薯的李六过来了。"每人一块，赵掌柜的给钱！"小赵要宴请众朋友。"这还不离，小赵！"大家围上了白薯挑子。王四也弄了块，深呼吸的吃着。

吃完白薯，王四想起来了："小赵，给你这个。"从车厢里把眼镜找出来："别看盒子破，里面有好玩艺儿。"

小赵一见眼镜，"掌柜的"在心中放大起来；把没吃完的白薯扔在地上，请了野狗的客。果然是体面的镜子，比父亲的还好。戴上试试。不行。"这是近视镜，戴上发晕！"

"戴惯就好了。"王四笑着说。

"戴惯？为戴它，还得变成近视眼？"小赵觉得不上算，可是又真爱眼镜。试着走了几步。然后，摘下来，看看大家。大家都觉得戴上镜子确是体面。王四领着头说：

"真有个样儿！"

"就是发晕呢！"小赵还不肯撒手它。

"戴惯就好了！"王四觉得只有这一句还像话。

小赵又戴上镜子，看了看天。"不行，还是发晕！"

"你拿着吧，拿着吧。"王四透着很"自己"。"送给你的，我拿着没用。拿着吧，等过二年，你的眼神不这么足了，再戴也就合适了。"

"送给我的？"小赵钉了一句。"真的？操！换个盒子还得好几毛！"

"真送给你，我拿着没用；卖，也不过卖个块儿八七的！"王四更显着"自己"了。

"等我数数，"小赵把毛票都掏出来，给了李六白薯钱。"还有六毛，才他妈的赢了两毛！"

"你还有铜子呢！"有人提醒他一声。

"至多也就有一毛来钱的铜子，"小赵可是没往外掏它们，大家也不就深信他的话。小赵可是并不因为赢得少而不高兴；他的确很欢喜。往常，他每耍必输。输几毛原不算什么，不过被大家拿他当"大头"，有些难堪。今天总算恢复了名誉，虽然连铜子算上才三毛来钱——也许是三毛多，铜子的分量怪沉的吗。"王四，我也不白要你的。看见没？有六毛。你三毛，我三毛；像回事儿不像？"

王四没想到他能给三毛。他既然开通，不妨再挤一下："把铜子再掏出点来，反正是赢去的。"

赶集

"吹！吉祥钱，腰里带着好。明儿个还得跟你们干呢！"小赵觉得明天再来，一定还要赢的。这两天运气必是不坏。

"好啦，三毛。三毛买那么好的镜子！"王四把票子接过来。放在贴肉的小兜里。

"你不是说送给我吗？这小子！"

"好啦，好啦，朋友们过得多，不在乎这个。"

小赵把眼镜放在盒子里，走开。"明儿再干！"走了几步，又把盒子打开。回头看了看，拉车的们并没把眼看着他。把镜子又戴上，眼前成了模糊的一片。可是不肯马上摘下来——戴惯就好了。他觉得王四的话有理。有眼镜不戴，心中难过。况且掌柜们都必须戴镜子的。眼镜，手表，再安上一个金门牙；南岗子的小凤要不跟我才怪呢！

刚一拐弯，猛的听见一声喇叭。他看不清，不知往哪面儿躲。他急于摘镜子……

学校附近，这些日子了，不见了溜墙根的近视学生，不见了小赵，不见了王四。"王四这些日子老在南城搁车。"李六告诉大家。

铁牛和病鸭

王明远的乳名叫"铁柱子"。在学校里他是"铁牛"。好像他总离不开铁。这个家伙也真是有点"铁"。大概他是不大爱吃石头罢了;真要吃上几块的话,那一定也会照常的消化。

他的浑身上下,看哪儿有哪儿,整像匹名马。他可比名马还泼辣一些,既不娇贵,又没脾气。一年到头,他老笑着。两排牙,齐整洁白,像个小孩儿的。可是由他说话的时候看,他的嘴动得那么有力量,你会承认这两排牙,看着那么白嫩好玩,实在能啃碎石头子儿。

认识他的人们都知道这么一句——老王也得咧嘴。这是形容一件最累人的事。王铁牛几乎不懂什么叫累得慌。他要是咧了嘴,别人就不用想干了。

铁牛不念《红楼梦》——"受不了那套妞儿气"!他永远不闹小脾气,真的。"看看这个,"他把袖子搂到肘部，敲着筋粗肉满的胳臂，"这么粗的小棒锤，还闹小性，羞不羞？"顺势砸自己的胸口两拳，咚咚的响。

他有个志愿，要和和平平的作点大事。他的意思大概是说，作点对别人有益的事，而且要自自然然作成，既不锣鼓喧天，也不杀人流血。

由他的谈吐举动上看，谁也看不出他曾留过洋，念过整本的洋书，他说话的时候永不夹杂着洋字。他看见洋餐就挠头，虽然请他吃，他也吃得不比别人少。不服洋服，不会跳舞，不因为街上脏而堵上鼻子，不必一定吃美国橘子。总而言之，他既不闹中国脾气，也不闹外国脾气。比如看电影，《火烧红莲寺》和《三剑客》，对他，并没有多少分别。除了"妞儿气"的片子，都"不坏"。

他是学农的。这与他那个"和和平平的作点大事"颇有关系。他的态度大致是这样：无论政治上怎样革命，人反正得吃饭。农业改良是件大事。他不对人们用农学上的专名词；他研究的是农业，所以心中想的是农民，他的感情把研究室的工作与农民的生活联成一气。他不自居为学者。遇上好转文的人，他有句善意的玩笑话："好不好由武松打虎说起？"《水浒传》是他的"文学"。

自从留学回来,他就在一个官办的农场作选种的研究与试验。这个农场的成立,本是由几个开明官儿偶然灵机一动,想要关心民瘼,所以经费永远没有一定的着落。场长呢,是照例每七八个月换一位,好像场长的来去与气候有关系似的。这些来来往往的场长们,人物不同,可是风格极相似,颇似秀才们作的八股儿。他们都是咧着嘴来,咧着嘴去,设若不是"场长"二字在履历上有点作用,他们似乎还应当痛哭一番。场长既是来熬资格,自然还有愿在他们手下熬更小一些资格的人。所以农场虽成立多年,农场试验可并没有作过。要是有的话,就是铁牛自己那点事儿。

为他,这个农场在用人上开了个官界所不许的例子——场长到任,照例不撤换铁牛。这已有五六年的样子了。

铁牛不大记得场长们的姓名,可是他知道怎样央告场长。在他心中,场长,不管姓甚名谁,是必须央告的。"我的试验需要长的时间。我爱我的工作。能不撤换我,是感激不尽的!请看看我的工作来,请来看看!"场长当然是不去看的;提到经费的困难,铁牛请场长放心:"减薪我也乐意干,我爱这个工作!"场长手下的人怎么安置呢？铁牛也有办法："只要准我在这儿工作，名义倒不拘。"薪水真减了，他照常的工作，而且作得颇高兴。

可有一回，他几乎落了泪。场长无论如何非撤他不可。可是头天免了职，第二天他照常去作试验，并且拉着场长去看他的工作："场长，这是我的命！再有些日子，我必能得到好成绩；这不是一天半天能作成的。请准我上这里作试验好了，什么我也不要。到别处去，我得从头另作，前功尽弃。况且我和这个地方有了感情，这里的一切是我的手，我的脚。我永不对它们发脾气，它们也老爱我。这些标本，这些仪器，都是我的好朋友！"他笑着，眼角里有个泪珠。耶稣收税吏作门徒必是真事，要不然场长怎会心一软，又留下了铁牛呢？从此以后，他的地位稳固多了，虽然每次减薪，他还是跑不了。"你就是把钱都减了去，反正你减不去铁牛！"他对知己的朋友总这样说。

他虽不记得场长们的姓名，他们可是记住了他的。在他们天良偶尔发现的时候，他们便想起铁牛。因此，很有几位场长在高升了之后，偶尔凭良心作某件事，便不由的想"借重"铁牛一下，向他打个招呼。铁牛对这种"抬爱"老回答这么一句："谢谢善意，可是我爱我的工作，这是我的命！"他不能离开那个农场，正像小孩离不开母亲。

为维持农场的存在，总得作点什么给人们瞧瞧，所以每年必开一次农品展览会。职员们在开会以前，对铁牛特别的和气。"王先生，多偏劳！开完会请你吃饭！"吃饭不吃饭，铁牛倒不在乎；这是和农民与社会接触的好机会。他忙开了：征集，编制，陈列，讲演，招待，全是他，累得"四脖子汗流"。有的职员在旁边看着，有点不大好意思。所以过来指摘出点毛病，以便表示他们虽没动手，可是眼睛没闲着。铁牛一边擦汗一边道歉："幸亏你告诉我！幸亏你告诉我！"对于来参观的农民，他只恨长着一张嘴，没法儿给人人掰开揉碎的讲。

有长官们坐在中间，好像兔儿爷摊子的开会纪念相片里，十回有九回没铁牛。他顾不得照相。这一点，有些职员实在是佩服了他。所以会开完了，总有几位过来招呼一声："你可真累了，这两天！"铁牛笑得像小姑娘穿新鞋似的："不累，一年才开一次会，还能说累？"

因此，好朋友有时候对他说："你也太好脾性了，老王！"

他笑着，似乎是要害羞："左不是多卖点力气，好在身体棒。"他又搂起袖子来，展览他的胳臂。他决听不出朋友那句话是有不满而故意欺侮他的意思。他自己的话永远是从正面说，所以想不到别人会说偏锋话。有的时候招得朋友不能不给他解释一下，他这才听明白。可是"谁有工夫想那么些个弯子！我告诉你，我的头一放在枕头上，就睡得像个球；要是心中老绕弯儿，怎能睡得着？人就仗着身体棒；身体棒，睁开眼就唱"。他笑开了。

　　铁牛的同学李文也是个学农的。李文的腿很短，嘴很长，脸很瘦，心眼很多。被同学们封为"病鸭"。病鸭是牢骚的结晶，袋中老带着点"补丸"之类的小药，未曾吃饭先叹口气。他很热心的研究农学，而且深信改良农事是最要紧的。可是他始终没有成绩。他倒不愁得不到地位，而是事事人人总跟他闹别扭。就了一个事，至多半年就得散伙。即使事事人人都很顺心，他所坐的椅子，或头上戴的帽子，或作试验用的器具，总会跟他捣乱；于是他不能继续工作。世界上好像没有给他预备下一个可爱的东西，一个顺眼的地方，一个可以交往的人；他只看他自己好，而人人事事和样样东西都跟他过不去。不是他作不出成绩来，是到处受人们的排挤，没法子再作下去。比如他刚要动手作工，旁边有位先生说了句:"天很冷啊!"于是他的脑中转开了螺丝:什么意思呢,这句话?是不是说我刚才没有把门关严呢?他没法安心工作下去。受了欺侮是不能再作工的。早晚他要报复这个,可是马上就得想办法,他和这位说天气太冷的先生势不两立。

他有时候也能交下一两位朋友,可是交过了三个月,他开始怀疑,然后更进一步去试探,结果是看出许多破绽,连朋友那天穿了件蓝大衫都有作用。三几个月的交情于是吵散。一来二去,他不再想交友。他慢慢把人分成三等,一等是比他位分高的,一等是比他矮的,一等是和他一样儿高的。他也决定了,他可以成功,假如他能只交比他高的人,不理和他肩膀齐的,管辖着役使着比他矮的。"人"既选定,对"事"便也有了办法。"拿过来"成了他的口号。非自己拿到一种或多种事业,终身便一无所成。拿过来自己办,才能不受别人的气。拿过来自己办,椅子要是成心捣乱,砸碎了兔崽子!非这样不可,他是热心于改良农事的;不能因受闲气而抛弃了一生的事业;打算不受闲气,自己得站在高处。

有志者事竟成,几年的工夫他成了个重要的人物,"拿过来"不少的事业。原先本是想拿过来便去由自己作，可是既拿过来一样，还觉得不稳固。还有斜眼看他的人呢！于是再去拿。越拿越多，越多越复杂，各处的椅子不同，一种椅子有一种气人的办法。他要统一椅子都得费许多时间。因此，每拿过来一个地方，他先把椅子都漆白了，为是省得有污点不易看见。椅子倒是都漆白了，别的呢？他不能太累了，虽然小药老在袋中，到底应当珍惜自己；世界上就是这样，除了你自己爱你自己，别人不会关心。

他和铁牛有好几年没见了。

正赶上开农业学会年会。堂中坐满了农业专家。台上正当中坐着病鸭，头发挺长，脸色灰绿，长嘴放在胸前，眼睛时开时闭，活像个半睡的鸭子。他自己当然不承认是个鸭子；时开时闭的眼，大有不屑于多看台下那群人的意思。他明知道他们的学问比他强，可是他坐在台上，他们坐在台下；无论怎说，他是个人物，学问不学问的，他们不过是些小兵小将。他是主席，到底他是主人。他不能不觉着得意，可是还要露出有涵养，所以眼睛不能老睁着，好像天下最不要紧的事就是作主席。可是，眼睛也不能老闭着，也得留神下边有斜眼看他的人没有。假如有的话，得设法收拾他。就是在这么一睁眼的工夫，他看见了铁牛。

铁牛仿佛不是来赴会，而是料理自家的丧事或喜事呢。出来进去，好似世上就忙了他一个人了。

有人在台上宣读论文。病鸭的眼闭死了，每隔一分多钟点一次头，他表示对论文的欣赏，其实他是琢磨铁牛呢。他不愿承认他和铁牛同过学，他在台上闭目养神，铁牛在台下当"碎催"，好像他们不能作过学友；现在距离这么远，原先也似乎相离不应当那么近。他又不能不承认铁牛确是他的同学，这使他很难堪：是可怜铁牛好呢，还是夸奖自己好呢？铁牛是不是看见了他而故意的躲着他？或者也许铁牛自惭形秽不敢上前？是不是他应当显着大度包容而先招呼铁牛？他不能决定，而越发觉得"同学"是件别扭事。

台下一阵掌声，主席睁开了眼。到了休息的时间。

病鸭走到会场的门口，迎面碰上了铁牛。病鸭刚看见他，便赶紧拿着尺寸一低头，理铁牛不理呢？得想一想。可是他还没想出主意，就觉出右手像掩在门缝里那么疼了一阵。一抽手的工夫，他听见了："老李！还是这么瘦？老李——"

病鸭把手藏在衣袋里，去暗中舒展舒展；翻眼看了铁牛一下，铁牛脸上的笑意像个开花弹似的，从脸上射到空中。病鸭一时找不到相当的话说。他觉得铁牛有点过于亲热。可又觉得他或者没有什么恶意——"还是这么瘦"打动了自怜的心，急于找话说，往往就说了不负责任的话。"老王，跟我吃饭去吧？"说完很后悔，只希望对方客气一下。可是铁牛点了头。病鸭脸上的绿色加深了些。"几年没有见了，咱们得谈一谈！"铁牛这个家伙是赏不得脸的。

两个老同学一块儿吃饭，在铁牛看，是最有意思的。病鸭可不这样看——两个人吵起来才没法下台呢！他并不希望吵，可是朋友到一块儿，有时候不由的不吵。脑子里一转弯，不能不吵；谁还能禁止得住脑子转弯？

铁牛是看见什么吃什么，病鸭要了不少的菜。病鸭自己可是不吃，他的筷子只偶尔的夹起一小块锅贴豆腐。"我只能吃点豆腐。"他说。他把"豆腐"两个字说得不像国音，也不像任何方音，听着怪像是外国字。他有好些字这么说出来。表示他是走南闯北，自己另制了一份儿"国语"。

"哎？"铁牛听不懂这两个字。继而一看他夹的是豆腐，才明白过来："咱可不行；豆腐要是加上点牛肉或者还沉重点儿。我说，老李，你得注意身体呀。那么瘦还行？"

太过火了！提一回正足以打动自怜的情感。紧自说人家瘦，这是看不起人！病鸭的脑子里皱上了眉。不便往下接着说，换换题目吧：

"老王，这几年净在哪儿呢？"

"——农场，不坏的小地方。"

"场长是谁？"

幸而铁牛这回没忘了——"赵次江。"

病鸭微微点了点头，唯恐怕伤了气。"他呀？待你怎样？"

"无所谓，他干他的，我干我的；只希望他别撤换我。"铁牛为是显着和气，也动了一块豆腐。

"拿过来好了。"病鸭觉得说了这半天，只有这一句还痛快些。"老王，你干吧！"

"我当然是干哪，我就怕干不下去，前功尽弃。咱们这种工作要是没有长时间，是等于把钱打了水漂儿。"

"我是让你干场长。现成的事，为什么不拿过来？拿过来，你爱怎办怎办；赵次江是什么玩艺！"

"我当场长，"铁牛好像听见了一件奇事，"等过个半年来的,好被别人顶了?"

有点给脸不兜着!病鸭心里默演对话:"你这小子还不晓得李老爷有多大势力?轻看我?你不放心哪,我给你一手儿看看。"他略微一笑,说出声来:"你不干也好,反正咱们把它拿过来好了。咱们有的是人。你帮忙好了。你看看,我说不叫赵次江干,他就干不了!这话可不用对别人说。"

铁牛莫名其妙。

病鸭又补上一句:"你想好了,愿意干呢,我还是把场长给你。"

"我只求能继续作我的试验,别的我不管。"铁牛想不出别的话。

"好吧。"病鸭又"那么"说了这两个字,好像德国人在梦里练习华语呢。

直到年会开完,他们俩没再坐在一块谈什么。从铁牛那面儿说,他觉得病鸭是拿着一点精神病作事呢。"身体弱,见了喜神也不乐。"编好了这么句唱儿,就把病鸭忘了。

铁牛回到农场不久,场长果然换了。新场长对他很客气,头一天到任便请他去谈话:

"王先生，李先生的老同学。请多帮忙，我们得合作。老实不客气的讲，兄弟对于农学是一窍不通。不过呢，和李先生的关系还那个。王先生帮忙就是了，合作，我们合作。"

铁牛想不出，他怎能和个不懂农学的人合作。"精神病！"他想到这么三个字，就顺口说出来。

新场长好像很明白这三个字的意思，脸沉下去："兄弟老实不客气的讲，王先生，这路话以后请少说为是。这倒与我没关系，是为你好。你看，李先生打发我到这儿来的时候，跟我谈了几句那天你怎么与他一同吃饭，说了什么。李先生露出一点意思，好像是说你有不合作的表示。不过他决不因为这个便想——啊，同学的面子总得顾到。请原谅我这样太不客气！据我看呢，大家既是朋友，总得合作。我们对于李先生呢，也理当拥护。自然我们不拥护他，那也没什么。不过是我们——不是李先生——先吃亏罢了。"

铁牛莫名其妙。

新场长到任后第一件事是撤换人，第二件事是把椅子都漆白了。第一件与铁牛无关，因为他没被撤职。第二件可不这样，场长派他办理油饰椅子，因这是李先生视为最重要的事,所以选派铁牛,以表示合作的精神。

铁牛既没那个工夫,又看不出漆刷椅子的重要,所以不管。

新场长告诉了他:"我接收你的战书;不过,你既是李先生的同学,我还得留个面子,请李先生自己处置这回事。李先生要是——什么呢,那我可也就爱莫能助了!"

"老李——"铁牛刚一张嘴,被场长给截住:

"你说的是李先生?原谅我这样爽直,李先生大概不甚喜欢你这个'老李'。"

"好吧,李先生知道我的工作,他也是学农的。场长就是告诉他,我不管这回事,他自然会晓得我什么不管。假如他真不晓得,他那才真是精神病呢。"铁牛似乎说高了兴:"我一见他的面,就看出来,他的脸是绿的。他不是坏人,我知道他;同学好几年,还能不知道这个?假如他现在变了的话,那一定是因为身体不好。我看见不是一位了,因为身体弱常闹小性。我一见面就劝了他一顿,身体弱,脑子就爱转弯。看我,身体棒,睁开眼就唱。"他哈哈的笑起来。

场长一声没出。

过了一个星期,铁牛被撤了差。

他以为这一定不能是病鸭的主意,因此他并不着慌。他计划好:援据前例,第二天还照常来工作;场长真禁止他进去呢,再找老李——老李当然要维持老同学的。

可是,他临出来的时候,有人来告诉他:"场长交派下来,你要明天是——的话,可别说用巡警抓你。"

他要求见场长,不见。

他又回到试验室,呆呆的坐了半天,几年的心血……

不能,不能是老李的主意,老李也是学农的,还能不明白我的工作的重要?他必定能原谅咱铁牛,即使真得罪了他。什么地方得罪了他呢?想不出来。除非他真是精神病。不能,他那天不是还请我吃饭来着?不论怎着吧,找老李去,他必定能原谅我。

铁牛越这样想越心宽,一见到病鸭,必能回职继续工作。他看着试验室内东西,心中想象着将来的成功——再有一二年,把试验的结果拿到农村去实地应用,该收一个粮的便收两个……和和平平的作了件大事!他到农场去绕了一圈,地里的每一棵谷每一个小木牌,都是他的儿女。回到屋内,给老李写了封顶知己的信,告诉他在某天去见他。把信发了,他觉得已经是一天云雾散。

按着信上规定的时间去见病鸭，病鸭没在家。可是铁牛不肯走，等一等好了。

等到第四个钟头上，来了个仆人："请不用等我们老爷了，刚才来了电话，中途上暴病，入了医院。"

铁牛顾不得去吃饭，一直跑到医院去。

病人不能接见客人。

"什么病呢？"铁牛和门上的人打听。

"没病，我们这儿的病人都没病。"门上的人倒还和气。

"没病干吗住院？"

"那咱们就不晓得了，也别说，他们也多少有点病。"

铁牛托那个人送进张名片。

待了一会，那个人把名片拿起来，上面有几个铅笔写的字："不用再来，咱们不合作。"

"和和平平的作件大事！"铁牛一边走一面低声的念道。

也是三角

从前线上溃退下来，马得胜和孙占元发了五百多块钱的财。两支快枪，几对镯子，几个表……都出了手，就发了那笔财。在城里关帝庙租了一间房，两人享受着手里老觉着痒痒的生活。一人作了一身洋缎的衣裤，一件天蓝的大夹袄，城里城外任意的逛着，脸都洗得发光，都留下平头。不到两个月的工夫，钱已出去快一半。回乡下是万不肯的；作买卖又没经验，而且资本也似乎太少。钱花光再去当兵好像是唯一的，而且并非完全不好的途径。两个人都看出这一步。可是，再一想，生活也许能换个样，假如别等钱都花完，而给自己一个大的变动。从前，身子是和军衣刺刀长在一块，没事的时候便在操场上摔脚，有了事便朝着枪弹走。性命似乎一向不由自己管着，老随着口令活动。什么是大变动？安稳的活几天，比夜间住关帝庙，白天逛大街，还得安稳些。得安份儿家！有了家，也许生活自自然然的就起了变化。因此而永不再当兵也未可知，虽然在行伍里不完全是件坏事。两人也都想到这一步，他们不能不想到这一步，为人要没成过家，总是一辈子的大缺点。成家的事儿还得赶快的办，因为钱的出手仿佛比军队出发还快。钱出手不能不快，弟兄们是热心肠的，见着朋友，遇上叫化子多央告几句，钱便不由的出了手。婚事要办得马上就办，别等到袋里只剩了铜子的时候。两个人也都想到这一步，可是没法儿彼此商议。论交情，二人是盟兄弟，一块儿上过阵，一块儿入过伤兵医院，一块儿吃过睡过抢过，现在一块儿住着关帝庙。衣裳袜子可以不分；只是这件事没法商议。衣裳吃喝越不分彼此，越显着义气。可是俩人不能娶一个老婆，无论怎说。钱，就是那一些；一人娶一房是办不到的。还不能口袋底朝上，把洋钱都办了喜事。刚入了洞房就白瞪眼，耍空拳头玩，不像句话。那么，只好一个娶妻，一个照旧打光棍。叫谁打光棍呢，可是？论岁数，都三十多了；谁也不是小孩子。论交情，过得着命；谁肯自己成了家，叫朋友愣着翻白眼？把钱平分了，各自为政；谁也不能这么说。十几年的朋友，一旦忽然散伙，连想也不能这么想。简直的没办法。越没办法越都常想到：三十多了；钱快完了；也该另换点事作了，当兵不是坏事，可是早晚准碰上一两个枪弹。逛窑子还不能哥儿俩挑一个"人儿"呢，何况是娶老婆？俩人都喝上四两白干，把什么知心话都说了，就是"这个"不能出口。

马得胜——新印的名片，字国藩，算命先生给起的——是哥，头像个木瓜，脸皮并不很粗，只是七棱八瓣的不整庄。孙占元是弟，肥头大耳朵的，是猪肉铺的标准美男子。马大哥要发善心的时候先把眉毛立起来，有时候想起死去的老母就一边落泪一边骂街。孙老弟永远很和气，穿着便衣问路的时节也给人行举手礼。为"那件事"，马大哥的眉毛已经立了三天，孙老弟越发的和气，谁也不肯先开口。

马得胜躺在床上，手托着自己那个木瓜，怎么也琢磨不透"国藩"到底是什么意思。其实心里本不想琢磨这个。孙占元就着煤油灯念《大八义》，遇上有女字旁的字，眼前就来了一顶红轿子，轿子过去了，他也忘了念到哪一行。赌气子不念了，把背后贴着金玉兰相片的小圆镜拿起来，细看自己的牙。牙很齐，很白，很没劲，翻过来看金玉兰，也没劲，胖娘们一个。不知怎么想起来:"大哥,小洋凤的《玉堂春》妈的才没劲!"

"野娘们都妈的没劲!"大哥的眉毛立起来,表示同情于盟弟。

盟弟又翻过镜子看牙,这回是专看两个上门牙,大而白亮亮的不顺眼。

俩人全不再言语,全想着野娘们没劲,全想起和野娘们完全不同的一种女的——沏茶灌水的,洗衣裳作饭,老跟着自己,生儿养女,死了埋在一块。由这个又想到不好意思想的事,野娘们没劲,还是有个正经的老婆。马大哥的木瓜有点发痒,孙老弟有点要坐不住。更进一步的想到,哪怕是合伙娶一个呢。不行,不能这么想。可是全都这么想了,而且想到一些更不好意思想的光景。虽然不好意思,但也有趣。虽然有趣,究竟是不好意思。马大哥打了个很勉强的哈欠,孙老弟陪了一个更勉强的。关帝庙里住的卖猪头肉的回来了。孙占元出去买了个压筐的猪舌头。两个弟兄,一人点心了一半猪舌头,一饭碗开水,还是没劲。

他们二位是庙里的财主。这倒不是说庙里都是穷人。以猪头肉作坊的老板说,炕里头就埋着七八百油腻很厚的洋钱。可是老板的钱老在炕里埋着。以后殿的张先生说，人家曾作过县知事，手里有过十来万。可是知事全把钱抽了烟，姨太太也跟人跑了。谁也比不上这兄弟俩，有钱肯花，而且不抽大烟。猪头肉作坊卖得着他们的钱，而且永远不驳价儿，该多少给多少，并不因为同住在关老爷面前而想打点折扣。庙里的人没有不爱他们的。

最爱他们哥俩的是李永和先生。李先生大概自幼就长得像汉奸，要不怎么，谁一看见他就马上想起"汉奸"这两个字来呢。细高身量，尖脑袋，脖子像棵葱，老穿着通天扯地的瘦长大衫。脚上穿着缎子鞋，走道儿没一点响声。他老穿着长衣服，而且是瘦长。据说，他也有时候手里很紧，正像庙里的别人一样。可是不论怎么困难，他老穿着长衣服；没有法子的时候，他能把贴身的衣袄当了或是卖了，但是总保存着外边的那件。所以他的长衣服很瘦，大概是为穿空心大袄的时候，好不太显着里边空空如也，而且实际上也可以保存些暖气。这种办法与他的职业大有关系。他必须穿长袍和缎子鞋。说媒拉纤，介绍典房卖地倒铺底，他要不穿长袍便没法博得人家信仰。他的自己的信仰是成三破四的"佣钱"，长袍是他的招牌与水印。

自从二位财主一搬进庙来，李永和把他们看透了。他的眼看人看房看地看货全没多少分别，不管人的鼻子有无，他看你值多少钱，然后算计好"佣钱"的比例数。他与人们的交情止于佣钱到手那一天——他准知道人们不再用他。他不大答理庙里的住户们，因为他们差不多都曾用过他，而不敢再领教。就是张知事照顾他的次数多些，抽烟的人是愣吃亏也不愿起来的。可是近来连张知事都不大招呼他了，因为他太不客气。有一次他把张知事的紫羔皮袍拿出去，而只带回几粒戒烟丸来。"顶好是把烟断了，"他教训张知事，"省得叫我拿羊皮皮袄满街去丢人；现在没人穿羊皮，连狐腿都没人屑于穿！"张知事自然不会一赌气子上街去看看，于是躺在床上差点没瘾死过去。

李永和已经吃过二位弟兄好几顿饭。第一顿吃完，他已把二位的脉都诊过了。假装给他们设计想个生意，二位的钱数已在他的心中登记备了案。他继续着白吃他们，几盅酒的工夫把二位的心事全看得和写出来那么清楚。他知道他们是萤火虫的屁股，亮儿不大，再说当兵不比张知事，他们急了会开打。所以他并不勒紧了他们，好在先白吃几顿也不坏。等到他们找上门来的时候,再勒他们一下,虽然是一对萤火虫,到底亮儿是个亮儿;多吧少吧,哪怕只闹新缎子鞋穿呢,也不能得罪财神爷——他每到新年必上财神庙去借个头号的纸元宝。

二位弟兄不好意思彼此商议那件事,所以都偷偷的向李先生谈论过。李先生一张嘴就使他们觉到天下的事还有许多他们不晓得的呢。

"上阵打仗,立正预备放的事儿,你们弟兄是内行;行伍出身,那不是瞎说的!"李先生说,然后把声音放低了些,"至于娶妻成家的事儿,我姓李的说句大话,这里边的深沉你们大概还差点经验。"

这一来,马孙二位更觉非经验一下不可了。这必是件极有味道,极重要,极其"妈的"的事。必定和立正开步走完全不同。一个人要没尝这个味儿,就是打过一百回胜仗也是瞎掰!

得多少钱呢,那么?

谈到了这个,李先生自自然然的成了圣人。一句话就把他们问住了:"要什么样的人呢?"

他们无言答对,李先生才正好拿出心里那部《三国志》。原来女人也有三六九等,价钱自然不都一样。比如李先生给陈团长说的那位,专说放定时候用的喜果就是一千二百包,每包三毛五分大洋。三毛五;十包三块五;一百包三十五;一千包三百五;一共四百二十块大洋,专说喜果!此外,还有"小香水""金刚钻"的金刚钻戒指,四个!此外……

二位兄弟心中几乎完全凉了。幸而李先生转了个大弯:咱们弟兄自然是图个会洗衣裳作饭的,不挑吃不挑喝的,不拉舌头扯簸箕的,不偷不摸的,不叫咱们戴绿帽子的,家贫志气高的大姑娘。

这样大姑娘得多少钱一个呢?

也得三四百,岳父还得是拉洋车的。

老丈人拉洋车或是赶驴倒没大要紧,"三四百"有点噎得慌。二弟兄全觉得噎得慌,也都勾起那个"合伙娶"。

李先生——穿着长袍缎子鞋——要是不笑话这个办法,也许这个办法根本就不错。李先生不但没摇头,而且拿出几个证据,这并不是他们的新发明。就是阔人们也有这么办的,不过手续上略有不同而已。比如丁督办的太太常上方将军家里去住着,虽然方将军府并不是她的娘家。

况且李先生还有更动人的道理:咱们弟兄不能不往

远处想,可也不能太往远处想。该办的也就得办,谁知道今儿个脱了鞋,明天还穿不穿!生儿养女,谁不想生儿养女?可是那是后话,目下先乐下子是真的。

二位全想起枪弹满天飞的光景。先前没死,活该;以后谁敢保不死?死了不也是活该?合伙娶不也是活该?难处自然不少,比如生了儿子算谁的?可是也不能"太往远处想",李先生是圣人,配作个师部的参谋长!

有肯这么干的姑娘没有呢?

这比当窑姐强不强?李先生又问住了他们。就手儿二位不约而同的——他俩这种讨教本是单独的举动——把全权交给李先生。管他舅子的,先这么干了再说吧。他们无须当面商量,自有李先生给从中斡旋与传达意见。

事实越来越像真的了,二位弟兄没法再彼此用眼神交换意见;娶妻,即使是用有限公司的办法,多少得预备一下。二位费了不少的汗才打破这个羞脸,可是既经打破,原来并不过火的难堪,反倒觉得弟兄的交情更厚了——没想到的事!二位决定只花一百二十块的彩礼,多一个也不行。其次,庙里的房别辞退,再在外边租一间,以便轮流入洞房的时候,好让换下班来的有地方驻扎。至于谁先上前线,孙老弟无条件的让给马大哥。马大哥极力主张抓阄决定,孙老弟无论如何也不服从命令。

吉期是十月初二。弟兄们全作了件天蓝大棉袍,和青缎子马褂。

李先生除接了十元的酬金之外,从一百二十元的彩礼内又留下七十。

老林四不是卖女儿的人。可是两个儿子都不孝顺,一个住小店,一个不知下落,老头子还说得上来不自己去拉车?女儿也已经二十了。老林四并不是不想给她提人家,可是看要把女儿再撒了手,自己还混个什么劲?这不纯是自私,因为一个车夫的女儿还能嫁个阔人?跟着自己呢,好吧歹吧,究竟是跟着父亲;嫁个拉车的小伙子,还未必赶上在家里好呢。自然这个想法究竟不算顶高明,可是事儿不办,光阴便会走得很快,一晃儿姑娘已经二十了。

他最恨李先生,每逢他有点病不能去拉车,李先生必定来递嘻和。他知道李先生的眼睛是看着姑娘。老林四的价值,在李先生眼中:就在乎他有个女儿。老林四有一回把李先生一个嘴巴打出门外。李先生也没着急,也没生气,反倒更和气了,而且似乎下了决心,林姑娘的婚事必须由他给办。

林老头子病了。李先生来看他好几趟。李先生自动的借给老林四钱,叫老林四给扔在当地。

病到七天头上,林姑娘已经两天没有吃什么。当没的当,卖没的卖,借没地方去借。老林四只求一死,可是知道即使死了也不会安心——扔下个已经两天没吃饭的女儿。不死,病好了也不能马上就拉车去,吃什么呢?

李先生又来了,五十块现洋放在老林四的头前:"你有了棺材本,姑娘有了吃饭的地方——明媒正娶。要你一句干脆话。行,钱是你的。"他把洋钱往前推一推。"不行,吹!"

老林四说不出话来,他看着女儿,嘴动了动——你为什么生在我家里呢?他似乎是说。

"死,爸爸,咱们死在一块儿!"她看着那些洋钱说,恨不能把那些银块子都看碎了,看到底谁——人还是钱——更有力量。

老林四闭上了眼。

李先生微笑着,一块一块的慢慢往起拿那些洋钱,微微的有点铮铮的响声。

他拿到十块钱上,老林四忽然睁开眼了,不知什么地方来的力量,"拿来!"他的两只手按在钱上。"拿来!"他要李先生手中的那十块。

老林四就那么趴着,好像死了过去。待了好久,他抬起点头来:"姑娘,你找活路吧,只当你没有过这个爸爸。"

"你卖了女儿?"她问。连半个眼泪也没有。

老林四没作声。

"好吧,我都听爸爸的。"

"我不是你爸爸。"老林四还按着那些钱。

李先生非常的痛快,颇想夸奖他们父女一顿,可是只说了一句:"十月初二娶。"

林姑娘并不觉得有什么可羞的,早晚也得这个样,不要卖给人贩子就是好事。她看不出面前有什么光明,只觉得性命像更钉死了些;好歹,命是钉在了个不可知的地方。那里必是黑洞洞的,和家里一样,可是已经被那五十块白花花的洋钱给钉在那里,也就无法。那些洋钱是父亲的棺材与自己将来的黑洞。

马大哥在关帝庙附近的大杂院里租定了一间小北屋,门上贴了喜字。打发了一顶红轿把林姑娘运了来。

林姑娘没有可落泪的,也没有可兴奋的。她坐在炕上,看见个木瓜脑袋的人。她知道她变成木瓜太太,她的命钉在了木瓜上。她不喜欢这个木瓜，也说不上讨厌他来，她的命本来不是她自己的，她与父亲的棺材一共才值五十块钱。

木瓜的口里有很大的酒味。她忍受着；男人都喝酒，她知道。她记得父亲喝醉了曾打过妈妈。木瓜的眉毛立着，她不怕；木瓜并不十分厉害，她也不喜欢。她只知道这个天上掉下来的木瓜和她有些关系，也许是好，也许是歹。她承认了这点关系，不大愿想关系的好歹。她在固定的关系上觉得生命的渺茫。

马大哥可是觉得很有劲。扛了十几年的枪杆，现在才抓到一件比枪杆还活软可爱的东西。枪弹满天飞的光景，和这间小屋里的暖气，绝对的不同。木瓜旁边有个会呼吸的，会服从他的，活东西。他不再想和盟弟共享这个福气，这必须是个人的，不然便丢失了一切。他不能把生命刚放在肥美的土里，又拔出来；种豆子也不能这么办！

第二天早晨，他不想起来，不愿再见孙老弟。他盘算着以前不会想到的事。他要把终身的事画出一条线来，这条线是与她那一条并行的。因为并行，这两条线的前进有许多复杂的交叉与变化，好像打秋操时摆阵式那样。他是头道防线,她是第二道,将来会有第三道,营垒必定一天比一天稳固。不能再见盟弟。

但是他不能不上关帝庙去,虽然极难堪。由北小屋到庙里去,是由打秋操改成游戏,是由高唱军歌改成打哈哈凑趣,已经画好了的线,一到关帝庙便涂抹净尽。然而不能不去,朋友们的话不能说了不算。这样的话根本不应当说,后悔似乎是太晚了。或者还不太晚,假如盟弟能让步呢?

盟弟没有让步的表示!孙老弟的态度还是拿这事当个笑话看。既然是笑话似的约定好,怎能翻脸不承认呢?是谁更要紧呢,朋友还是那个娘们?不能决定。眼前什么也没有了。只剩下晚上得睡在关帝庙,叫盟弟去住那间小北屋。这不是换防,是退却,是把营地让给敌人!马大哥在庙里懊睡了一下半天。

晚上,孙占元朝着有喜字的小屋去了。

屋门快到了,他身上的轻松劲儿不知怎的自己销灭了。他站住了,觉得不舒服。这不同逛窑子一样。天下没有这样的事。他想起马大哥,马大哥昨天夜里成了亲。她应当是马大嫂。他不能进去!

他不能不进去,怎知道事情就必定难堪呢?他进去了。

林姑娘呢——或者马大嫂合适些——在炕沿上对着小煤油灯发愣呢。

他说什么呢？

他能强奸她吗？不能。这不是在前线上；现在他很清醒。他木在那里。

把实话告诉她？他头上出了汗。

可是他始终想不起磨回头就走，她到底"也"是他的，那一百二十块钱有他的一半。

他坐下了。

她以为他是木瓜的朋友，说了句："他还没回来呢。"

她一出声，他立刻觉出她应该是他的。她不甚好看，可是到底是个女的。他有点恨马大哥。像马大哥那样的朋友，军营里有的是；女的，妻，这是头一回。他不能退让。他知道他比马大哥长得漂亮，比马大哥会说话。成家立业应该是他的事，不是马大哥的。他有心问问她到底爱谁，不好意思出口，他就那么坐着，没话可说。

坐得工夫很大了，她起了疑。

他越看她，越舍不得走。甚至于有时候想过去硬搂她一下；打破了羞脸，大概就容易办了。可是他坐着没动。

不，不要她，她已经是破货。还是得走。不，不能走；不能把便宜全让给马得胜；马得胜已经占了不小的便宜！

她看他老坐着不动，而且一个劲儿的看着她，她不由的脸上红了。他确是比那个木瓜好看，体面，而且相当的规矩。同时，她也有点怕他，或者因为他好看。

她的脸红了。他凑过来。他不能再思想，不能再管束自己。他的眼中冒了火。她是女的，女的，女的，没工夫想别的了。他把事情全放在一边，只剩下男与女；男与女，不管什么夫与妻，不管什么朋友与朋友。没有将来，只有现在，现在他要施展出男子的威势。她的脸红得可爱！

她往炕里边退，脸白了。她对于木瓜，完全听其自然，因为婚事本是为解决自己的三顿饭与爸爸的一口棺材；木瓜也好，铁梨也好，她没有自由。可是她没预备下更进一步的随遇而安。这个男的确是比木瓜顺眼，但是她已经变成木瓜太太！

见她一躲，他痛快了。她设若坐着不动，他似乎没法儿进攻。她动了，他好像抓着了点儿什么，好像她有些该被人追击的错处。当军队乘胜追迫的时候，谁也不拿前面溃败着的兵当作人看，孙占元又尝着了这个滋味。她已不是任何人，也不和任何人有什么关系。她是使人心里痒痒的一个东西，追！他也张开了口，这是个习惯，跑步的时候得喊一二三——四，追敌人得不干不净的卷着。一进攻，嘴自自然然的张开了："不用躲，我也是——"说到这儿，他忽然的站定了，好像得了什么暴病，眼看着棚。

他后悔了。为什么事前不计议一下呢！？比如说，事前计议好：马大哥缠她一天，到晚间九点来钟吹了灯，假装出去撒尿，乘机把我换进来，何必费这些事，为这些难呢？马大哥大概不会没想到这一层，哼，想到了可是不明告诉我，故意来叫我碰钉子。她既是成了马大嫂，难道还能承认她是马大嫂外兼孙大嫂？

她乘他这么发愣的当儿，又凑到炕沿，想抽冷子跑出去。可是她没法能脱身而不碰他一下。她既不敢碰他，又不敢老那么不动。她正想主意，他忽然又醒过来，好像是。

"不用怕，我走。"他笑了。"你是我们俩娶的，我上了当。我走。"

她万也没想到这个。他真走了。她怎么办呢？他不会就这么完了，木瓜也当然不肯撒手。假如他们俩全来了呢？去和父亲要主意，他病病歪歪的还能有主意？找李先生去，有什么凭据？她愣一会子，又在屋里转几个小圈。离开这间小屋，上哪里去？在这儿，他们俩要一同回来呢？转了几个圈，又在炕沿上愣着。

约莫着有十点多钟了，院中住的卖柿子的已经回来了。

她更怕起来，他们不来便罢，要是来必定是一对儿！

她想出来：他们谁也不能退让，谁也不能因此拚命。他们必会说好了。和和气气的，一齐来打破了羞脸，然后……

她想到这里，顾不得拿点什么，站起就往外走，找爸爸去。她刚推开门，门口立着一对，一个头像木瓜，一个肥头大耳朵的，都露着白牙向她笑，笑出很大的酒味。